QED ~flumen~ 月夜見《つくよみ》

高田崇史

KODANSHA NOVELS 講談社ノベルス

カバーデザイン＝坂野公一（welle《ヴェレ》 design《デザイン》）
カバー写真＝AdobeStock/shutterstock
ブックデザイン＝熊谷博人・釜津典之
地図制作＝ジェイ・マップ

今は入らせたまひね。
月見るは忌みはべるものを

『源氏物語』紫式部

京都市西部
右京区
龍安寺
大覚寺
大沢池
広沢池
宇多野
御室仁和寺
妙心寺
龍安寺
等持院
嵐電北野線
鳴滝
嵯峨嵐山
常盤
京都御所➡
大酒神社
山陰本線
太秦
花園
トロッコ嵯峨
野宮神社
鹿王院
車折神社
嵐電嵐山本線
撮影所前
広隆寺
木島神社
トロッコ嵐山
嵐山
嵐電嵯峨
有栖川
帷子ノ辻
渡月橋
蛇塚古墳
太秦広隆寺
蚕ノ社
太秦天神川
嵐山
櫟谷宗像神社
嵐山
桂川
嵐電天神川
山ノ内
162
四条通
松尾橋
松尾大社
松尾大社
上野橋
衣手神社
月読神社
華厳寺（鈴虫寺）
西芳寺（苔寺）
西大橋
西京極
地蔵院
阪急嵐山線
上桂
阪急京都線
京都市
西京区
北
桂離宮
京都駅➡
桂
0
1000m

目次

プロローグ

新月。

三日月。

上弦《じょうげん》の月。

十日夜《とおかんや》。

十三夜。

待宵《まちよい》月。

十五夜。

十六夜《いざよい》。

立待《たちまち》月。

居待《いまち》月。

臥待《ふしまち》月。

更待《ふけまち》月。

下弦《かげん》の月。

そして、
残月《ざんげつ》、有明《ありあけ》の月――。

私たち日本人は、昔から「月」と共に暮らしてきた。

この名称の夥《おびただ》しさから考えても、おそらく他のどこの国の人々よりも「月」に愛情を抱いている。遠くは在原業平《ありわらのなりひら》や紀貫之《きのつらゆき》の歌にも詠まれ、藤原定家《ふじわらのていか》、西行《さいぎょう》、そして、松尾芭蕉《まつおばしょう》、小林一茶《こばやしいっさ》まで、数多くの歌人・俳人の歌題となった。

中でも定家などは、私選の『百人一首』に十一首、あるいは十二首ともいわれる「月」の歌を採用している。その上、自らの日記の題名も『明月記』というのだから、月に対する執着も尋常ではない。

実際その当時「月」は、高貴な人間に喩《たと》えられることが多かった。貴人が没すると「月が山の端《は》に隠れた」などと表現されたりもした。そんな意味もあり、月を愛《め》でる秋の風習として、十五夜の月を祀《まつ》る行事が、ほぼ途絶えることなく現代まで続いているのかも知れない。

しかし――。

昔、月はただ夜空に美しく浮かんでいるだけの、優雅な装飾ではなかった。

いや、むしろ「忌むべきもの」として認識されていたのだ。

おそらくそれは、暗い夜空に余りにも神々しく輝く姿を目にしてのことだろうとは思うが、当時から「月」は愛でられていたことに間違いはないのだから、どうしてその一方で、これほどまでに不吉な物として忌み嫌われていたのだろうか。

それから私は、さまざまな本や文献を読みあさった。だが、どこにもその解答を見つけることはできなかった。

そんなある日、私はふと閃《ひらめ》いた。

やはりこれは、あの神のせいか。

この「月」を名前に戴く神。

月読命《つくよみのみこと》——。

『古事記』『日本書紀』は、共に月読命の誕生をこう記している。

亡くなってしまった伊弉冉尊《いざなみのみこと》と会うために行った黄泉《よみ》国から、ようやくのことで戻った伊弉諾尊《いざなぎ》が「竺紫《つくし》の日向《ひむか》の橘《たちばな》の小戸《おど》の阿波岐原《あわきはら》」で、自分の身の穢《けが》れを禊《みそ》ぎ祓《はら》い落とした際に、左の眼からは天照大神《あまてらすおおみかみ》が、鼻からは素戔嗚尊《すさのお》が、そして右の眼から生まれたのが、月読命なのだという。その後、天照大神は高天原《たかまがはら》を、素戔嗚尊は大海原を、月読命は夜の国を治めることとなった……。

その誕生時からして、どことなく不穏な運命を身に纏《まと》っていた月読命。それは、彼《か》の神の宿命だったのだろうか。それは、分からない。

そもそもこの神は、実に謎が多い。というのも、この場に登場して以降、ほぼ全く姿を見せなくなってしまうからだ。そのため、名前の意味すらも分からない。

それゆえだろうか。

私は、とても心惹かれる。

その姿が厚いベールの向こう側に隠された、夜を司る神。

男性神とも、あるいは女性神ともいわれ、性別すら定かではない神。ただ『万葉集』に「天に坐《ま》す月読壮士《おとこ》」「み空ゆく月読壮士」「月人壮士《つきひと》」などという文字が見られ、また伊勢神宮の『皇太神宮儀式帳』にも、男性神として書かれているから、今では男神という考えが主流になっているのではあるが。

そんな月読命に、いつしか私は淡い憧れを抱くようになっていた。いや「恋」と言っても良いかも知れない。だから、松尾《まつのお》大社の神像館に展示されている若い男神像が、月読命ではないかと聞けば、すぐに足を運んで何時間も眺めていたし、そのすぐ近くにある摂社の月読《つきよみ》神社には、数え切れないほど参拝した。

もちろん、伊勢神宮に行った際には、必ず内宮《ないくう》別宮の月読宮と、外宮《げくう》別宮の月夜見宮には参拝を欠かさないし、京都の月読神社が勧請《かんじょう》を受けたという長崎県・壱岐《いき》市の月讀《つくよみ》神社にも、いずれ足を伸ばしてみるつもりでいる。また、余裕ができれば月読命と習合した、出羽《でわ》・月山《がっさん》神社にも出かけて、月読命にお目にかかりたい。

月読命――。

永遠《とわ》の時間をただ一人、黄泉国で過ごしている神。

暗い夜だけが、自分を取り巻いている神。

決して地上へその姿を現すことのない神。

喜びや笑みなどとは、永久に縁のない神。

そんなことを私は、ほんのりと赤い色を帯びた月を、まるで地の底のように暗く狭い境内から見上げながら思った。

いや。

現実の月は、それほど赤くなかったかも知れない。

私の足元に倒れ伏した男の首から、まだ吹き出し続けている大量の血が、それこそ不吉な刻印として私の目に焼きつけられていただけかも知れなかった。

突如私は、現実に戻る。

そして彼を――今まさに人生を終えようとしている、一人の男を見下ろした。目を限界まで見開いて、パクパクと口で息をしようとしている血まみれの男。

私は、その涙ぐましい努力を眺める。

人生最後の徒労を見て微笑《ほほえ》む。

人はこうして、最後の最後まで「生」を欲するのか。

しかし——。

本音を言えば、私は彼が羨《うらや》ましい。

というのも、この男は今夜間違いなく、黄泉国へ行く。ならば、もうすぐ月読命に逢えるではないか。私が、これほどまでに恋い焦がれている神に。

何という素晴らしい出来事。

今夜はおそらく彼の人生でも、特筆すべき日だ。そうであれば、そんな恨めしそうな目で私を見つめず、もっと感謝したらどうなの？

ある意味、私はあなたの恩人なのに。そんなことすら理解できないの。

だから、男は嫌いなのだ。

私は男を睨みつけた。

その気持ちが通じたのか、彼の体は一度大きく痙攣《けいれん》すると、地面の上でピクリとも動かなくなった。

死んだ。

私は軽い嫉妬を覚えながら、彼を素敵な黄泉国へと送ったナイフを綺麗に拭ってその場に投げ捨てる。そして、大きく折れ曲がった細い参道を歩き、静かにこの小さな神社を後にした。

#《 月の罪 》

めぐり逢ひて見しやそれともわかぬ間に
雲がくれにし夜半の月かな

紫式部

午後の処方箋《しょほうせん》が一段落すると、棚旗奈々《たなはたなな》は、一つ大きく深呼吸した。

お盆休み前の、最終土曜日。予想はしていたし、心の準備も怠らなかったが、それらをあっさりと超えて薬局は忙しかった。

このホワイト薬局の、もう五十歳近い店長、外嶋一郎《そとじまいちろう》も一刻も手を休める暇もなく立ち働き、いつもは余裕綽々《しゃくしゃく》リラックスしてパソコン入力を続けるアシスタント、相原《あいはら》美緒《みお》も、今日は一言も余分な口をきかずに、次々に回ってくる処方箋を食い入るように見つめながら、必死にパソコンと格闘していた。

しかし、そんな患者さんたちの大波も終わり、ようやくのことで病院の受付も終了したようだった。後は、目の前に山のように積まれた処方箋と薬歴簿《やくれきぼ》の整理がつけば、ずっと心待ちにしていたお盆休みに入る。

「やったー」美緒は、明るい茶髪をサラリと揺らして、思い切り椅子の背に寄りかかると、大きく伸びをした。「辛く長く厳しかった一日も、やっと終わりー」

「終わっていない」外嶋は、モアイ像のような立派な鼻筋にかかった眼鏡を、くいっと上げて美緒を睨んだ。「まだパソコン入力が残っているだろう。気を抜いてはダメだ。特にきみの場合、最後の最後でミスを多発する癖がある」

「あら、失礼な。私はいつも綿密で細心で真剣です」

「知っている日本語をただ並べれば良いという問題ではないが、それでは、最後までそうしていなさい」

「そう言う外嶋さんこそ、すっかり寛《くつろ》いじゃって。後片づけは、みんな奈々さん任せじゃない！　奈々さん、ちょっと言ってあげてください」

「え、ええ」奈々は苦笑する。「そんなことも……」

と答えたのだが、それは事実だった。

目の前に山と積まれた処方箋と薬歴簿のチェックを、黙々と続ける奈々の目の前で、外嶋は白衣のポケットに両手を突っ込んだまま椅子に深々と腰を下ろしていた。

外嶋一郎は、奈々の卒業した明邦《めいほう》大学薬学部の、一回り以上、年上の先輩に当たる。もともとこのホワイト薬局は、外嶋の叔母が経営していたそうなのだが、それを引き継いで、現在は外嶋が薬局長兼実質的経営者となっていた。ちなみに外嶋は、独身。そして、兄弟姉妹と親戚は医師や大学教授で、全員が理系なのだと聞いた。

一方、奈々は大学関係者に勧められて、この薬局に就職したのだが、もういつの間にか十年近く経っていた。借りているマンションの部屋からの通勤時間も三十分程度だったし、外嶋は——多少変人だったが——仕事の休みその他、非常に融通を利かせてくれるので居心地が良く、それに甘えてずっとお世話になっている。

また相原美緒は、今年二十六歳のアシスタント。外嶋とは、確か祖父同士が兄弟と言っていたはず。つまり、再従兄妹《はとこ》？　又従兄妹《またいとこ》？　奈々はその辺りの名称に詳しくなかったが、おそらくそんな感じだ。そして美緒は、六年前に事務アシスタントとしてこの薬局に就職した。最初は奈々も、ハラハラし通しだったが、今はとても頼りになる。ただ、こうして毎日のように外嶋と揉めるのが玉に瑕《きず》だったが。

「外嶋さん」そんな奈々の心配をよそに、美緒は言う。「少しは仕事しなさいよ。奈々さんばっかりに押しつけて」

「これから、やろうとしていたところだ」

「嘘だね！　ラララーなんて鼻歌を歌ってたじゃない」

「音楽と共に作業を進めた方が、効率が上がるのだ」

「あんな音痴な歌でも？」

「お、音痴とはなんだ！　きみに、バッハの深遠さは微塵《みじん》も理解できない」

そういえば今年は「バッハ・イヤー」だと言っていた。ヨハン・セバスティアン・バッハの没後二百五十年のため、バッハに関するさまざまなイベントが目白押しなのだそうだ。そして外嶋は、それら殆ど全てに参加するらしい。

「まあ、仕方ないだろう」外嶋は真顔で言う。「相原くんの愛唱歌は、昨今流行の『だんご三兄弟』くらいだろうし。それに第一、そんなへんてこりんな爪じゃ、ピアノの鍵盤を叩けない」

「外嶋さんに、ネイルアートの奥深さは、ミジンコほども理解できない」

「理解しようとも思わないな。第一に指関節の動きのバランスが崩れるし、第二に皮膚呼吸の妨げになり、あっという間に年を取ってしまう」

「何だと。素敵な乙女座の女性に向かってこのオヤジはっ」

「きみが乙女座だろうが、山姥《やまんば》座だろうが、何も関係ない」

「喧嘩《けんか》を売ってるのか！」

「そ、そういえば」奈々はあわてて二人の間に入った。「美緒ちゃんは、このお盆休みでどこかに行くんでしょう。それでお洒落をしてるのよね」

「ええ」と美緒は、奈々を見てニッコリ笑った。「珍しく一週間もあるから、実家に帰ろうと思ってます」

　今年は、明日の十三日が日曜日なので、外嶋の提案によって奈々たちは二十日の日曜日まで、丸々一週間、休みをもらえることになったのだ。病院は十九日の土曜日に一日だけ開けるらしいのだが、その日は外嶋一人で調剤してくれるらしい。奈々は心配して、一緒に出勤しましょうかと言ったのだが、大丈夫だからと、ピンと指を揃えて立てた手のひらを向けて真顔で返されたので、ありがたくその言葉に従うことにした。

「たまには、田舎の両親に顔を見せないと」美緒は言う。「東京では、外嶋さんに散々こき使われてますって報告しないとね」

「嘘を吐くのは止めなさい」外嶋は叱る。「お盆で、ご先祖様が大勢戻って来ているというのに、そんな虚偽の報告をしているとバチが当たるぞ」

「あら。外嶋さんも、そのような風習を信じていらっしゃいましたの？」

「もちろんだ」

「意外に信心深かったんですねー」

「信じなくて良いという物的証拠が見当たらないだけだ」

「何の証拠？」

「そこに『誰か』の姿が見えたという人の言葉を完全否定する理由を得ていないという

ことだ」

「バチは？」

「当たるかも知れないし、当たらないかも知れない」

「どっちだよ！」

「奈々くんはどうかね」外嶋は、いきなり奈々に振ってきた。「臨死体験をしたんだろう」

「えっ。何のことですか？」

「この間は、危うく死にそうになったという話を聞いたぞ。生死の境を彷徨《さまよ》ったと」

「え、ええ。それは確かに——」

数ヵ月前。桑原崇《くわばらたかし》と一緒に、伊勢に行った時のことだ。そこで事件に巻き込まれて、奈々も崇も、命を落とす一歩手前まで追い込まれてしまった……。

崇というのは、やはり明邦大学薬学部で、奈々の一学年上の先輩だった。義理で入部させられた「オカルト同好会」で出会い、やがて崇は会長になったが、特に何かをするということはなかったようだった。むしろ彼は、神社仏閣に興味があったようで、趣味は「寺社巡りと墓参り」と公言していた。崇は現在、奈々たちと同じ目黒区にある「萬《まん》治《じ》漢方」という、老舗《しにせ》の漢方薬局に勤めている。また「崇」と「祟」の文字が似ていることから、学生時代から渾名《あだな》を「タタル」——「くわばら・タタル」と呼ばれていた。

そうそう、と美緒は奈々を見た。

「臨死体験をした人は、何かしらを見る能力を授かるっていいますからねー。気をつけた方が良いですよ」

「い、いきなり何を言ってるの」

「本当ですよ。霊能者と呼ばれる人たちって、かなり高い確率でそんな体験を積んでるんですって」

どこから引っ張り出した統計か分からない話をする。

「でも」と奈々は笑った。「おかげさまで、今のところ全くそんな体験はないわ」

「これからですよ、奈々さんの能力が開花するのは！」

「開花する……？」

「兆候はありますよ」美緒は真剣な顔で言った。「だって、この頃毎年のように、色々な事件に巻き込まれているじゃないですか。しかも、どれもこれも一筋縄じゃ行かないようなへんてこりんな事件ばかり」

「それは……」

否定できなかった。

伊勢でも、奈良でも、出雲でも、諏訪でも、熊野でも。

全て奈々にとっては解釈不能な事件に遭遇していた。

しかしそれは、決して奈々のせいではなく、全部が——、

「確かに桑原にも責任の一端はあるが」と、外嶋は奈々の言葉を先取りするかのように言った。「事件に関与してしまうのは、生まれつき奈々くんに備わっている能力《モノ》のせいだから仕方ないな」

「え？」

驚く奈々の前で美緒も、

「うんうん」と真面目な顔で何度も頷いた。「仕方ないですう。巻き込まれ体質っていうんですか。生まれた時から持っている能力」

「能力……？」

でも、と美緒は真剣な目つきで奈々を見る。

「とっても危険ですし、大変ですよねー。しかも、今はお盆だし。余計なお世話かも知れないですけど、どこかの有名な神社かお寺にでも行って、お祓いしてもらった方が良いかもです」

「お祓いを？」

「それは良い考えだ」外嶋は、白衣のポケットに手を突っ込んで大きく頷いた。「相原くんにしては、実に素晴らしい提案だった。ついでにきみも田舎の神社に行って、お祓いしてもらうと良い。遊び癖を落としてもらって、真人間《まにんげん》に生まれ変われるように」

「何ですと」美緒は、食ってかかる。「日々こんなに真面目に仕事に取り組んでいるのに！

常に美しい心――そう、まるで美しい夜空に白く輝く、澄んだ月のような心で」

「叢雲《むらくも》に隠れている」

「失敬な！」

と言ってから、美緒はふと呟いた。

「そういえば、東京にいると、なかなか綺麗なお月様を見られませんよねー。田舎に帰ったら、久しぶりにお月見してみようかな。奈々さんも、お二人でされたら良いですよ」

「二人で……って」奈々は顔を上げる。「誰と？」

「妹さんの沙織《さおり》さんもご結婚されてしまったんですから、あの男《ひと》しかいないでしょう。ヘアスタイルが個性的な人」

確かに、今まで一緒に暮らしていた沙織は、今年の四月に結婚して、部屋を出て行った。毎日のように顔を合わせていると、うるさくて面倒な妹だと思ったこともあったが、こうしていなくなってしまうと、とても淋しい。また、猫を飼おうかなどと考えていたところだった。

そして、ヘアスタイル云々《うんぬん》の人というのは、もちろん崇のことだ。髪型など一切気にせず、いつもボサボサの髪を風になびかせて歩いている。

「おお」と外嶋も言う。「桑原か。確かにそれは良い提案ではあるが……奴と一緒に月見というのは、どうかな。余り勧められない」

「どして？」

「奴には、風流を楽しもうという心が欠けているからな」外嶋は勝手に断言する。「折《せっ》角《かく》、美しい月を眺めても、おそらくそこで月に関する蘊蓄《うんちく》を延々と聞かされて夜が明けてしまうか、それともすぐ近くで起こった殺人事件に巻き込まれる」

「それは正しい！」

「な、何をおっしゃっているんですか」奈々は外嶋を見た。「それに今は、タタルさんの話じゃなくて、美緒ちゃんの話題です」

「そうそう」素直に美緒が受けた。「お月見の話。田舎でしょう。十五夜には一月《ひとつき》早いけど」

「満月は満月だ」外嶋は言って、「太陰暦では、十五日が必ず満月になる。ちなみに今年は——」背後のカレンダーを振り返る。「明後日が、十五夜だ。但し太陰暦で七月十五日だから、本来の八月十五日は、来月の十二日になる」

「そうなんですね。九月十五日云々というわけじゃなくて、太陰暦の八月十五日が、いわゆる『十五夜』？」

「いいわゆらなくてもそうだ」

「変な日本語」

「相原くんは、こんな歌を知っているかな。

月月に月見る月は多けれど
　月見る月はこの月の月

という歌だが」

「初めて聞いた」美緒は唇を尖《とが》らせた。「それって、お月見の歌？」

「そうだ。そして『この月』というのは、一体何月のことだろうかというのが問題だ」

「問題？　クイズだったの」

「なぞなぞみたいなもんだ」

「それで……何月？」

「きみは、全く考えようともしないんだな」

「はい」と美緒は立ち上がって、閉店準備に取りかかった。「こう見えましても私《わたくし》、多忙を極めておりますもので」

「この歌に出てきた『月』の数を数えれば良い」

「えっ」と言って、美緒は外嶋に確認し直しながら、指を折る。「月……月に……月見る……。おお。八つだ。つまり、八月」

「そういうことだな」外嶋は、眼鏡をくいっと上げた。「そして満月は十五日と決まっているから、八月十五日。今でいう九月十五日前後の月だ。ゆえに、現代の九月の月見は間違ってはいない」

「相変わらず、実に回りくどい話だった」と言って美緒は帰り支度《じたく》を始めながら、奈々に尋ねてきた。「奈々さん、ご存知でした？」

「え、ええ」

奈々は頷く。それこそ昔に、崇から聞いた覚えがあった。

「そうなんだ」美緒は、ふうんと頷いた。「でも、八月で良かったですよね。十二月だったら、片手で数え切れなくなるところだった」

「きみの発想は相変わらず」外嶋は苦い顔で美緒を見た。「常識人であるぼくらから見て、実に変態的だ」

「だって、そうじゃない」

「そんなことはない。二進法を使えば、片手でゼロから三十一まで数えられる」

「はあ？」

「ちなみにこの数え方では楳図《うめず》かずおの『まことちゃん』の『グワシ』は二十になる」

「そんな何十年も前の話を持ってこられても！」美緒が呆れ顔で叫んだ。「全然意味が分からないんですけれど」

「別に、きみに分からせようと思って話しているわけではないし、何十年も前と知っているのだから、きみがただ忘れているだけだ」

「じゃあ、勝手に話していてください。外嶋さんとは、一般的な話ができないと母に伝えておきますから」

「きみの話こそ、第三者的に判断して常識的でも論理的でもないな。いいか。つまり——」

などという、再従兄妹同士の口喧嘩をよそに、奈々はてきぱきと仕事を終わらせる。もうすぐ閉店時刻だから、二人で好きなだけ言い争わせておけば良い。

それにしても、先ほどの崇の話題からいつのまにか逸れてくれて助かった。

というのも、あのまま話題が続いて、更に突っ込まれたら、きっと奈々は誤魔化《ごまか》しきれなかっただろう。直球勝負の美緒の追及と、変化球や危険球だらけの外嶋の質問を受け流しきれず、結局、正直に答えざるを得なくなっていたに違いない。

奈々は、ホッと胸を撫で下ろす。

まだとても、二人には言えない。

この休みに崇と二人きりで、一泊二日の京都旅行に行く予定になっているなどという話は——。

＊

京都市西京区。

嵐山に程近い桂川右岸、松尾《まつお》山麓に、松尾《まつのお》大社は鎮座している。

祭神は、大山咋神《おおやまくい》と、中津島姫命《なかつしまひめ》、つまり市杵嶋《いちきしま》姫命。

大山咋神は、比叡山延暦寺《ひえいざんえんりゃくじ》の鎮守社だった日吉《ひよし》大社の祭神でもあり、一方の市杵嶋姫命は、九州・宗像《むなかた》三女神の一柱。つまり松尾大社は山の神と海の神、両方の大神を祀っている神社ということになる。

また、松尾大社から南へ四百メートルほど行った場所に、松尾大社境外摂社の、月読《つきよみ》神社が鎮座している。この月読神社は、本社の松尾大社、そして桂川沿いに座している櫟谷《いちたに》宗像神社と併《あわ》せて「松尾三社」と呼ばれ、人々に尊崇されている。

その月読神社に向かう狭い道を、馬関桃子《まぜきももこ》は一人歩いていた。やはり月読命を祀っている以上、この神社は今夜のように月の美しい夜にお参りしたい。

といって満月の夜にも来た。そして三日月の夜も……。

つまり、しょっちゅう来ている。

桃子は笑った。結局、この神社の佇《たたず》まいが好きなのだ。

そして今夜はまさに、辺りは月明かりだけの神秘的で静謐《せいひつ》な空間が広がっている。桃子は、フリーのイラストレーター。もともと「月」が好きで、桃子の描くイラストには、大抵「月」が入っていた。

これは、ただの嗜好《しこう》なのか。いや、そうではないらしい。

仕事で知り合った占い師に、こんなことを言われたことがある。昔から日本には陰陽《いんよう》五行説というものがあり、さまざまの事物は「木」「火」「土」「金」「水」の五つに分類できるらしい。そしてその分類法によれば、馬関の「馬」も、桃子の「桃」も、両方とも「金」になるのだという。そして「金」は「白」「秋」だから「月」と非常に親しい。

そんなこともあって、益々「月」が好きになり、色々と描いているうちに、この月読命の存在を知ったのだ。しかも、男性神か女性神かも判然としないという、ミステリアスな存在。調べれば調べるほど、正体不明の神。

そんな素敵な神を単独で祀る神社が、実は地元に存在していたということを、恥ずかしながらこの年になって初めて知った。そこでそれ以来、毎週のようにやって来ている。しかもこうして、できる限り月の美しい夜に。そして毎回、創作意欲を刺激されて帰るのだった。

やがて右手前方に、居待月に照らされた、妖艶な朱塗りの鳥居が見えてきた。「月讀大神」と書かれた額束《がくづか》を見上げて、桃子は一揖《いちゆう》——軽く一礼してくぐる。そして、そのまま真っ直ぐに続く石段をゆっくりと登ると、本殿へ向かった。もちろんその規模は、松尾大社と比べものにはならないが、こちらの月読神社も、顕宗《けんぞう》三年（四八七）に創建、斉衡《さいこう》三年（八五六）に現在地に移転したというから、相当な歴史を持っている神社だ。

そんな話を、たまに一緒に来る友人にすると、随分詳しいねと驚かれるが、ちなみに桃子は、日本の歴史はそれほど詳しくない。だから実は「顕宗」や「斉衡」という、遥か遥か昔の年代については殆《ほとん》ど何も知らない。ただ、鳥居の横に立てられている由緒書きにあるので、何度も見ているうちに覚えてしまっただけの話。

桃子は、十七段の石段を登ると、入母屋造《いりもやづくり》の拝殿を過ぎ、更に数段の石段を登った。すると、目の前で月光に濡れて怪しく建つ檜皮葺一間社流造《ひわだぶきいっけんしゃながれづくり》の本殿が姿を現したが、それを見ながら左手に折れる。もちろん手水舎《ちょうずや》もあるのだが、山から湧き出る清水の「解穢《かいわい》の水」で、手を清めることに決めている。但しこちらは飲用ではないので、手を洗うだけだ。

そのまま境内末社の御船《みふね》社の前を通り、再び本殿の前へ。そして、やはり「月讀大神」と書かれた額を見上げて、静かに柏手《かしわで》を打ち、深々と一礼した。

桃子は、静かに振り向くと本殿を離れ、次に月延石《つきのべいし》へと向かった。別名「安産石」とも呼ばれ、昔、神功《じんぐう》皇后という人が応神《おうじん》天皇を出産される際に、この石で自分の腹を撫でて安産を祈願したのだという。結果、その通り無事に出産を終えられたので、人々の信仰の対象になっているらしい。その石を、月読命の神託によって、わざわざ筑紫からここに運ばせたらしい。そんなこともあり、現在でも安産祈願に訪れる女性たちが後を絶たない。

桃子も、今夜は祈る。といっても、桃子自身ではない。友人が妊娠したので、何事もなく無事に出産できるように祈るのだ。本来であれば、社務所で丸く白い小さなお餅のような、可愛らしい「祈願石」をいただき、そこに名前などを記入して、月延石に納めるのだが、もちろん今は、社務所は閉じられている。そこで、石を撫でてお祈りするだけにしようと考えて、境内を歩いた。

すると、月延石を囲っている石の柵の辺りに、鈍色《にびいろ》の大きな影が見えた。

〝何だろう……〟

首を傾《かし》げながら近づくと、人が横たわっているように見えた。

桃子は、そうっと歩み寄る。なぜか首筋が、ぞわっ、とした。

そして、恐る恐る覗き込むと——。

〝嘘……〟

桃子は息を呑んだ。やはり、地面に女性が倒れている!

どうしたんですか、と声をかけようとして血の気が退いた。その女性の首に、ぐるりと赤黒い痕《あと》が見える。一瞬、蛇が巻きついているのかとも思ったが、違った。

しかも、その女性の顔は、桃子も知っていた。苦悶の表情で大きく歪《ゆが》んでいたので、咄嗟《とっさ》に分からなかったのだ。間違いない。望月桂《もちづきかつら》だ。桃子の高校時代からの友人で、太秦《うずまさ》に住んでいる女性だった。

「桂！　桂じゃない。どうしたの。大丈夫？」桃子は桂の肩に手をかけて揺さぶったが、何の返答もない。「桂！」

再び呼びかけたが、桂は口の端から舌をチロリと覗かせたまま、青白い顔で横たわっているだけだった。

〝まさか……死んでいるの……〟

桃子は、首筋に氷を当てられたように全身に鳥肌が立ち、ビクリと桂から離れた。

するとその時、背後で、
ガサリ……、と大きな音がした。

桃子は、ハッ、と振り返る。

しかしそこには、月光に濡れた草木の緑と、底知れない深い闇があるだけだった。

野良犬か、野良猫か。

それとも——。

桃子の心臓が、ドクンと跳ねた。足が、いや体全体が震えた。

桃子は、弾《はじ》かれたようにその場から離れると、今にもガクリとくずおれそうな足で走る。何度も後ろを振り返りながら走る。

再び境内の藪《やぶ》が、風もないのにザワザワと不穏に揺れた。

桃子は、本殿から拝殿へ向かう石段を、二段飛ばしで駆け下り、最後の石段を踏み外して地面に転がった。膝を擦《す》り剝《む》いたらしい。手で押さえると、意外と出血が多かったが、全く痛みを感じない。

とにかく、この場から逃げ出して警察へ！

それだけを思いながら、桃子は正面の石段を、またしても二段飛ばしで夜の風のように駆け下りる。足元が暗い。今まで神秘的に思えていた月明かりが恨めしい。

一刻も早く明るい場所へ。

そして、そこから警察に電話を入れなくては。松尾駅、いや松尾大社の近くまで戻れば、ひょっとしたら誰か地元の人が歩いているかも知れない。

桃子は足を引きずりながら鳥居をくぐって月読神社を飛び出すと、駅までの近道を取って薄暗い裏手の路地に出た。そして、急な階段を駆け下りようとしたその時――。

〝あっ〟

ドンと背中を押されたような気がして、体がフワリと宙に浮いた。

しかし桃子が覚えていたのは、そこまでだった。

＊

遺体発見の一報を受けて、京都府警捜査一課警部・村田雄吉《むらたゆうきち》は、部下の中新井田《なかにいだ》務《つとむ》巡査部長と共に現場に急行した。場所は西京区松室山添町《まつむろやまぞえ》十五番地、月読神社。

村田は、生まれも育ちも京都だったが、まだ一度もその月読神社にはお参りしたことがなかった。しかし聞けば「安産」で有名な神様なのだという。地元では有名だというが、確かにそれでは村田と縁がない。

但し、そのすぐ近くの松尾大社へは、もう何度も行っている。何しろこちらは、お酒の神様だ。きちんとお参りしなくてはなるまい。だから、何かの折に立ち寄る度に、きちんと飲酒のお守りを買って帰って来ている。

ただ、その松尾大社は昔から、北区の上賀茂《かみがも》神社、左京区の下鴨《しもがも》神社と並んで「賀茂の厳神《げんしん》、松尾の猛霊《もうれい》」と呼ばれるほど、京都の人々に畏怖《いふ》されていた。ということは、どうやら酒の神以外の恐ろしい一面も併せ持っている神様のようだったが、あいにくと村田はそこらへんの歴史は詳しくない。そして今は、そんなことを気にかけている時ではなかった。

中新井田の運転する車は、けたたましいサイレン音を響かせながら夜の道を飛ばす。

松尾大社の大きな鳥居の前で直角に左に折れ、細い道を一直線に進むと、あっという間に現場に到着した。

月読神社だ。

中新井田が狭い駐車スペースに車を押し込み、二人で車を降りると、鳥居の前に立っている警官に「ご苦労さん」と軽く挨拶《あいさつ》して、立ち入り禁止テープをくぐった。

「あちらですね」

見れば境内の奥の方に、皓々《こうこう》と照明が点《とも》っている。

早くも鑑識たちが、立ち働いているのだろう。石段を登って境内に上がり、警官に導かれて、「月延石　子授け　安産」と書かれた札の立っている、石の柵で囲まれた史蹟の前に立つと、その前の地面には、若い女性とおぼしき遺体が俯《うつぶ》せに横たわり、周囲は大勢の鑑識でごった返していた。

村田はスポーツ刈りの頭をポリポリと掻きながら、辺りを見回す。そしてすぐに、小柄な中年の鑑識を見つけて声をかけた。

「ご苦労さんだね、徳《とく》さん。また、よろしく頼むよ」

「ああ、村田警部」徳さんと呼ばれた男性が、二人を見つけて振り返った。「こちらこそ、よろしくお願いします」

それで、と村田は遺体に目を落とす。

「被害者はどうかね」

「二十代半ばでしょうな」

徳さんは遺体に近づくと、地面に横たわっていたワンピース姿の女性の首の辺りの鬱《うっ》血痕《けっこん》を指差す。

「死因は絞殺。はっきりしたことは検案の先生待ちですが、多分、死後数時間ってとこでしょう」

「身元は、割れそうかね」

「携帯電話を所持していましたので、すぐに」

「誰だった？」

「望月桂という、地元の女性のようですわ」

「後で、その携帯を確認させてくれ」

「もちろん」

「それで」村田は周囲を見回す。「ここで殺害されたのかな」

「今、残っている足跡を調べておる最中ですが、まだ何ともいえないところです。ただ、特に激しく争った跡は見られないので、殺害後にこの場所に運ばれて来たという可能性の方が、いくらか高いかと思われます」

「わざわざ、この場所までかい」

村田は再び辺りを見回したが、右も左も深い闇。そして、目の前には「月延石」の周囲に奉納された白い石が、照明に映えているだけだった。

「どういう意図で？」

その言葉に徳さんは、無言のまま肩を竦《すく》めた。

一度、中天の月を見上げた村田は、腕時計に目を落とす。

午後十一時を、大きく回っていた。

ということは、犯行は午後八時、九時頃か。

村田はもう一度目視すると、搬送の合図を送る。それを受けた徳さんたちが遺体に触れた時、カシャリ……、と小さな音がした。

村田たちの耳が、ピクリと動く。

すると徳さんは、

「これです」と言って、地面に落ちた物を拾って照明に掲げた。「櫛《くし》ですわ」

それは、緩《ゆる》やかな半月形のカーブを描いている長さ七、八センチほどの、小ぶりなつげの櫛で、柄の部分には可愛らしい兎の模様が入っていた。

「どうして、そんな物が？」

さあ、と徳さんは首を捻《ひね》った。

「さっきは気がつきませんでしたが、洋服のどこかに挟まっていたようですわ。指紋等も含めて、被害者の物かどうか調べてみましょう。すぐに分かりますので」

「ああ。頼む」村田は言った。「結果が分かったら、連絡を入れてくれ」

了解しました、と頷く徳さんから視線を外すと、

「さて」と村田は中新井田に尋ねる。「それで、今回の第一発見者は？」

「はい」と中新井田は、照明の光で手帳を読む。「仕事帰りの女性からの通報だったようですが、それ以上のことは」

「仕事帰りの女性？」村田は顔をしかめた。「その女性は、こんな時刻に、ここに参拝してたってのか」

「そのようです……」

「その女性の身元は？」

「駅前の公衆電話からだったようで、今のところ不明です。あと、もう一人。こちらは若い女性ですが、意識不明のまま裏の路地に倒れていたところを、救急車で近所の救急病院に搬送されました。なので、通報者とその女性とは別人と思われます」

「何だと」

「この裏の路地に階段がありまして、そのてっぺんから転落したもようです」

「こっちの事件と、関連がありそうだな」

「念のために、後ほど病院に確認を入れます」

「頼む」村田は頭を掻いた。「詳しく聞いておいてくれ」

「了解しました」

頷く中新井田を見て、

「少し境内を見て行こうか」

そう言うと村田は、月明かりの神社境内を移動したが、今のところ、それ以上の収穫は得られなかった。

やがて府警に戻って報告書を読み、ソファで仮眠を取りながら鑑識と検案の結果を待っていた村田のもとへ、中新井田が飛び込んで来た。

「警部！」

おお、と答えて村田は起き上がる。反射的に時計を見れば、午前四時過ぎ。一時間ほど、うとうとしたらしい。

「どうした。何か分かったか」

「いえ」村田の質問に中新井田は、赤い目と硬い表情で答えた。「新たな事件です。やはり殺人《コロシ》で」

「何だと」村田は、コーヒーのサーバへと歩く。「今度はどこだ？」

「それが……」中新井田は、困惑顔で答えた。「松尾大社です」

「ついさっき、前を通ったばかりじゃないか！」

「大社の神職が境内奥の磐座《いわくら》口で遺体を発見したとのことで、通報がありました」

「それで」村田は不味《まず》いコーヒーを一口飲んだ。「どんな状況だ」

「今度は、若い男性の首吊りだそうです」

「首吊り？　そいつは……ひょっとして、自殺じゃないのか」

「いいえ」と中新井田は首を振る。「こちらも、殺害されたようです。徳さんたちに、
咄嗟に、月読神社の事件の犯人ではないか、と思った村田の考えを察したように、
そちらにまわって調べてもらったんですが、殺害後に、わざわざ吊されたらしいとのことでした」

「自殺に見せかけようとしたのか」

「そういうことでもないようです。何しろ、遺体の頭部に殴打した痕がはっきり残っていたようですから。また徳さんによりますと、おそらく絶命した後で、鳥居に吊したのではないかと」

「どういうことだ？」

「そこまでは、まだ何とも……」

「死後、どれくらいだとみてる？」

「七、八時間ではないかとのことでした」

「ということは」村田はコーヒーを飲み干す。「昨夜、二つの殺人が連続して行われた

ということか。月読神社と松尾大社で。関連性がありそうだな」

実は、と中新井田は村田に詰め寄る。

「大ありです」

「何だと？」

「松尾大社の遺体は所持品その他から、望月観《あきら》、二十八歳と判明しました。つまり、月読神社での被害者、望月桂の兄のようです」

「兄妹揃って殺されたってのか！　家族へは？」

「桂の携帯で番号は判明しておりますが、まだ連絡は取れていません」

「よし、分かった」

と答えて、頭をザラリと撫でた村田に、

「あと」と中新井田は、硬い表情のまま告げる。「救急搬送された女性ですが、やはりこちらも地元住民で、馬関桃子、二十五歳と判明しました。但し、頭を強く打っているようで、本人はまだ意識不明の状態です」

「そっちも寄ってみよう」

村田は眉根を寄せたまま頷くと、中新井田と共に部屋を飛び出した。

＊

お盆明けの八月十九日、土曜日。

奈々は、新横浜の駅にいた。

時計を見れば、午前五時五十八分。

まだ充分に時間の余裕がある――というより、そもそもこの待ち合わせの時刻設定は何なのだ？　まさか自分の人生の中で、こんな朝早い東海道新幹線に乗る事態が起こるなど、奈々は予想だにしていなかった。

そもそも崇からの電話で、お盆休みの間に一泊二日で京都に行こうという誘いがあったこと自体、全く突然の出来事だった。崇は、日吉大社や比叡山、できれば竹生島《ちくぶしま》まで足を伸ばしてみたいと言う。しかも今回は二人きりで、ゆっくりと。

余りに突然の話だったので、鼓動が早くなってしまったが、もちろん奈々は二つ返事で賛成した。崇がその場所で何を見たいのか奈々には分からなかったが、それは道々説明してくれるだろう。

その後、日にちを何とか合わせて、それでは何時頃にこちらを出発すれば良いのかと訊いた時、あっさりと、まるで当然のように告げられた。

「京都へは、のぞみ一号に乗って行く」——と。

「のぞみ一号……ですか」

一瞬、その言葉の意味を把握できなかった奈々は尋ね返した。

「朝早い新幹線、ということですね」

ああ、と崇は電話の向こうで答えた。

「東京駅、午前六時発だ」

は？

驚いた奈々は、更に尋ねる。

「東京駅を、六時発？」

「乗ったことがないかな」

「全くありません」

「それは良い機会だ」崇は平然と言う。「この新幹線に乗れば、京都駅には八時少し過ぎに到着する。そうすれば、向こうでの時間を非常に有効に使うことができる」

確かにそれはそうだろう。

でも！

奈々は、頭の中であわてて計算する。

東京駅を六時発ということは、奈々の最寄りの新幹線乗り場である新横浜には、おそらく六時十五分頃到着ではないのか。そうなると奈々は、部屋を遅くとも五時半には出ていなくてはならない。その時刻なら交通機関は動いているだろうが……一体何時に起きれば良いのだ？

そんなことを考えていた奈々の耳元で、

「じゃあ、よろしく」

という言葉と共に、電話が切れた。

確かに、崇と二人の日程を合わせられるのがその日だけ。しかも、一泊二日しか時間が取れなかったから、初日の朝一番で行動しようという考えは理解できるものの——。

奈々はあわてて、時刻表を取り出して調べる。

すると、横浜市営地下鉄の始発（！）に乗れば、その時間までに新横浜に到着できることが分かった。

ホッ、と胸を撫で下ろしたが……。

もしも、その時間までに新横浜に到着する電車がなかったら、どうするのだろう！

何か釈然としない。

そして釈然としないままに、今こうして朝のホームに立っているのだった。

しかし、辺りを見回してみると、意外に人が多い。今日は土曜日だから観光客らしき人たちが殆どだったが、この分ではきっと平日でも、出張のサラリーマンたちが、この新幹線に大勢乗るのではないか。

そんなことを考えながら、奈々は片手で口元を隠して欠伸《あくび》をした。この季節だから、夜はもう完全に明けている。だが、やはり眠い。かなりの睡眠不足。

というのも昨夜は、高鳴る胸を押さえながら軽く夕食を摂り、入念なパックをしつつゆったりとお風呂に入り、朝の四時に目覚ましをかけてベッドに入った。遠足前の小学生のようになかなか寝つけなかったが、何とかようやく眠りに就いたと思ったら、ハッと目が覚め、あわてて時計を手に取れば、まだ十二時。大きく溜息を吐いてもう一度寝る。そして「遅刻！　どうして目覚ましが鳴らなかったの！」という夢を見て飛び起きたのが……午前三時。

出発前に、すっかり疲れてしまった。

結局そこでもう寝るのを諦めて起き出し、シャワーを浴びて朝食を摂った。というわけで、折角早めにベッドに入ったというのに、トータルで四時間程しか寝られていない。

奈々は、ホームに差し込んでくる朝日を眺めながら、再び大きな欠伸をした。

やがてアナウンスが入り、のぞみ一号がホームに滑り込んで来る。

本当に祟は乗っているのか。それこそ寝坊してしまって、例の如く「奈々くん、悪いが——」などと携帯に電話が入るのではないか。一応先ほど、携帯に何の着信もないことを確認しているが、とにかく祟のことだ。突然の予定変更など、日常茶飯事。

でも、そうなると指定席を取っているから、奈々一人で先に京都に行っていなくてはならない。その時は、一体どこで待っていれば良いんだろう……などと、どうでも良いことまで心配しながら、到着した新幹線に乗り込む。

すると——肩の力が、ホッと抜ける。

指定された席に崇が座っていた。

相変わらず、寝起きなのか一応梳《と》かしてきているのか分からないボサボサの髪、色白の広い額と長い睫《まつげ》。そして、殆ど無表情の不機嫌そうな顔つき。こうして見ると、いかにも人当たりが悪そうな印象を抱くが、八年以上も漢方薬局をクビになることもなく勤めているのだから、不思議なものだ。

「お早うございます」

奈々はニッコリと挨拶して、崇の隣の席に腰を下ろした。奈々のために窓側を空けておいてくれたらしい。

「きちんと乗れたな」

表情一つ変えずに言う崇に、

「はい」と奈々は足元に荷物を置いて、笑いかけた。「必死に頑張りました。こんなに早い時間の新幹線は、生まれて初めてだったので」

と言って車内を見回したが、そこそこ座席は埋まっている。行動の早い人たちが、やはり大勢いるのだ。

のぞみが新横浜を定刻通りに出発すると、奈々は尋ねた。

「タタルさんは、ちゃんと寝られましたか？」

すると崇は、やはり無表情のまま、

「寝てない」と答える。

「えっ。寝てない？」

まさか奈々と同じように、前夜のドキドキで？　とも一瞬思ったが、

「日吉大社関連の本や資料を読んでいたら、夜が明けてしまったので、シャワーを浴びてそのまま出てきた」

と言う。だが確かに崇の口から聞かされると、極めて納得できる理由だった。では、やはりこの髪型は寝癖でも寝起きのままでもなく、いわゆる「洗い髪」ということだったらしい。

でも、と奈々は心配そうに尋ねた。

「大丈夫ですか。これから京都を回るというのに」

「全く問題ないね」崇は、奈々を見もせずに答える。「眠くなったら、移動中に寝れば良いだけの話だ。それより、奈々くん」

「はい」

「ちょっと大きな予定変更があるんだ」

「……何ですか？」

「ホテルから昨日、突然連絡が入ってね――」

と言って崇は説明する。

その話によると、崇はシングルの部屋を二部屋予約していたのだが、向こうの手違いでダブルブッキングになってしまったらしい。祇園祭から夏休み、そしてお盆休みから、ついこの間の五山送り火まで、かなり忙しかったのは分かるが、完全にホテル側のミスだという。そこで、市内からはかなり離れているが、やはり同じ系列のホテルでシングルの部屋を二つ用意するから、どうかそちらでと頼まれたらしい。

「……そう、なんですね」

と答えたものの、奈々は不安になる。

今までの例だと、崇は時間ギリギリ、いや時間を超過してもあちらこちらを回る。それなのに、市内から遠く離れている場所に宿を取ったら、ロケーション的にとても不便になってしまうのではないか。

「それで……ホテルの場所は、どちらになるんですか？」

「かなり奈良寄りで、今回とは全く無関係な位置だ。今年、明日香《あすか》村で発掘された、酒《さか》船石《ふねいし》遺跡でも見に行くのならば良いが、今回の目的は違うからね」

「それは……困りましたね」

そんな困惑顔の奈々に崇は、

「そこで」と言った。「ホテルとしても、とても申し訳ないので、何とか一部屋用意してくれるという」

「ああ。良かったです！」

しかし、と崇は奈々を見る。

「ツインを一部屋」

「え……」

「ご一緒が可能でしたら、ぜひと言われた。その代わり、通常のツインよりも広い部屋にさせていただきます、と」

「…………」

「どうかな？」

どうかな、と言われても！

全く、唐突すぎる。

それに、二人で一部屋？

確かに以前も、崇の部屋で一緒に一晩過ごしたこともあった。但し、辺りには百人一首の札が広がっており、崇は勝手に寝てしまった。しかし今回は——。

「タ、タタルさんは」奈々は大きな動揺を隠して尋ねる。「どうなんですか？」

俺か、と崇は相変わらず表情一つ変えない。

「できれば、その提案を呑みたいな。やはり、市内の良いロケーションのホテルの方が便利だ。ただ、部屋に戻っても飲んで寝るだけだから、広かろうが狭かろうが、そちらは関係ないが」

それは第一選択肢の根本事由ではないだろうと思いながらも、

「そ、そうですよね」

奈々は微妙な顔で同意した。

「タタルさんさえ良ければ……お邪魔させていただきます」

お邪魔も何も、奈々の部屋でもあるわけだが。

「そうか。良かった」崇は顔をほころばせた。「移動時間がもったいないからね。少しでも多くを見たい」

「はい……」

「じゃあ、後でホテルに連絡を入れておこう。それに、一緒の部屋ならば、酒を飲みながら寝てしまうまで、奈々くんとゆっくり落ち着いて話もできる」

「……はい」

ニコニコと笑う崇の隣で、奈々が意味もなく体を硬くしていると、

「では」と崇は、いきなり資料を取り出した。「京都に到着するまでの時間——といっても、もう二時間もないが——で、日吉大社について確認しておこう。奈々くんは、この大社に関して詳しいか？」

「い、いいえ」奈々も、バッグからコピーを取り出す。「余り詳しくなかったので、私も少し調べてきました。新幹線の中で読もうと思って」

「ほう」と崇は奈々の肩越しに資料を見た。「それには、何と書いてあるんだ？」

はい、と答えて奈々はその文章を読んだ。

「山王《さんのう》総本宮。日吉大社——。

日吉大社は、全国三千八百社の分霊社の総本宮である。境内の主要な山王二十一社は、西本宮、東本宮、宇佐《うさ》宮、牛尾《うしお》宮、白山《しらやま》宮、樹下《じゅげ》宮、三宮《さんの》を筆頭に、中七社・下七社を併せた総称である。神域は八王子山（牛尾山）を含む十三万坪で、かつては境内百八社・境外百八社といわれ、坂本の町々や比叡山上、京都側山麓にも神々が集い鎮まる一大神社群を成した。古くから猿を神の使いと尊び『魔が去る・何よりも勝る』縁起の良い『神猿《まさる》』として神聖視し、魔除け・厄除け・方除け・鬼門守護の象徴と仰いでいる——。

ということのようです」

「そうだな」崇は目を閉じて、両手の指を自分の胸の前で合わせた。「それで、祭神に関しては？」

ええ、と奈々は続ける。

「東本宮の祭神は、大山咋《おおやまくい》、あるいは『おおやまぐいの』神。西本宮は、大己貴《おおなむち》神……となっています。この大己貴神というのは、大国主《おおくにぬし》命のことでしたよね」

「非常に微妙で繊細な部分だが、一応そうなってる」

崇は小さく頷いた。

「大国主命は『古事記』によれば、素戔嗚尊の六世の孫で、または、大穴牟遅《おおあなむち》神、葦原《あしはら》色許男《しこお》神、八千戈《やちほこ》神、宇都志国玉《うつしくにたま》神、という五つの名を持っている神とされる。この神に関しては、今ここで改めて説明はしないが、因幡素兎《いなばのしろうさぎ》伝説や、国造り・国譲り神話など、数え切れないほどの神話の主人公になっている」

その話は、去年の四月に、崇の言葉通り山ほど聞いていた。素兎は単なる兎ではなく実際に生きている人間だったとか、本当の「出雲」はどこにあったのかとか、長谷寺における、とてもショッキングな出来事とか。そして、その時も崇と一緒に京都から奈良まで行き、駅前を——腕を組みながら歩いた。

突然そんなことを思い出した奈々の胸は、急にドキドキと鼓動を打ち始める。

だが崇は、淡々と続けた。

「しかし、ここで問題は、大山咋神だ。『古事記』によれば、素戔嗚尊と神大市比売《かむおおいちひめ》との間に生まれた大歳《おおとし》神の子、つまり素戔嗚尊の孫としているが、一説では素戔嗚尊の子なのではないかともいわれている。まあ、どちらにしても素戔嗚尊の血を引く神であることに間違いはない。ということは当然、今の大国主命とも繫がってくるな。そして『古事記』には更にこうある。『大山咋神、亦《また》の名は山末之大主《やますえのおおぬし》神。この神は、近《ちか》つ淡海《おうみ》国の日枝山《ひえのやま》に坐《いま》し、また葛野《かずの》の松尾《まつのお》に坐して、鳴鏑《なりかぶら》を用《も》つ神なり』と。この鳴鏑というのは鏑矢《かぶらや》のことで、松尾大社でも御神体とされているが、それについてはまた別途説明しよう」

崇は一人で頷くと、更に言う。

「この『日枝山』というのは、もちろん比叡山のことだ。『延喜式《えんぎしき》』神名《じんみょう》帳にも載っているが、この山の東麓の八王子山を御神体山とする、古来の信仰から発展していったものが、いわゆる山王権現だ。また、比叡山に関して言えば、最澄《さいちょう》によって開創された際に、奈良の三輪《みわ》山から大物主神を迎えて、地主神であった大山咋神を配して祀り、同時に日吉大社を延暦寺の守護神として祀った。その結果、現在では山王権現といえば、この日吉大社を指すようになった」

「……そうなんですね」

崇の話を半分、そして頭の半分で、念のためにと思ってパジャマを持参してきたのは正解だったけれど、子グマではなくて、もっと大人の女性っぽい柄の方が良かったかも知れないと考えながら答えた奈々に、

「そうだ」と崇はあっさり答える。「そもそも、この大山咋神の『咋』は、山の樹木などを育てる神徳、あるいは神霊の依代《よりしろ》としての『杭《くい》』だともいわれているが、俺は素直に咋——食べると考えて良いと思ってる。大きな山を食べる神だ」

「山を食べる……?」

それはつまり、と崇は頷く。

「こういうことだ——。大山咋神を祀っている日吉大社といえば今も言ったように、神使《しんし》が猿であることは有名だ。実際に境内でも『神猿』として飼っているしね。そこで、何故ここで猿を神聖視しているのかといえば、以前に河童を追いかけている時にも言ったように、猿は『猿猴《えんこう》』。それが『いんこう』『いんこ』となり、ついには『井《い》の子』、つまり水の子で、河童と変貌していった。同時にここで、猿は馬を守護するという言い伝えもある」

それは、奈々も聞いたことがあった。

だから厩舎などには、猿の絵などが飾られているのだと。実際に、東照宮の神厩舎の長押《なげし》には、あの有名な「三猿」が飾られている。

崇は言う。

「これは『陰陽五行説』や『方角』からきているという説もあるが、それだと説明しきれない。というのも、陰陽五行説で『馬』は『金』で『猿』は『土』。土が金を守るという話は聞いたことがないし、『午《うま》』と『申《さる》』と考えても、これも理屈に合わない。だから、これは馬が『馬っ子』『真処《まんこ》』、つまり『女陰《ほと》』である『火処《ほど》』に通じているからと考えれば、全てがすっきりする。女陰から子宝《こだから》が生まれるように、火処からは鉄の粉宝《こだから》が生まれる。そして何度も言ったように河童は製鉄民でもあったわけだから、ここで『猿——馬——河童』の全てが『製鉄』というキーワードで繋がってくる」

この分野の話は、今まで何度も聞いているので、奈々にもすぐに理解できた。

それは良いとしても……。

今、ここで話すテーマとしてはどうなのだろう。

少なくとも、男女二人きりで旅行している時に口にするような「キーワード」ではないのでは？

だが崇は、奈々の思いを全く忖度《そんたく》する様子もなく、

「そこで、日吉という名称だ」と、まだ続ける。「確認のために言っておくと、これは製鉄民である『炭坂《すみさか》』からきていると考えられる。炭坂は、踏鞴《たたら》製鉄における副技師の名称だ。これに関連している名称が『日本書紀』に何度も登場する」

と言って、パラリとノートを開く。

「神武《じんむ》即位前紀　戊午《つちのえうま》年九月の条には、神武東征に抵抗する地元の軍人《いくさびと》たちが『墨坂に焃炭《おこしずみ》を置けり』——つまり、神武たちの侵攻を阻《はば》むために、行く手に真っ赤に燃え

ている炭を置いて抵抗した、ということだ。続いて崇神《すじん》天皇九年三月には、天皇の夢の中に神が現れて『墨坂神を祠《まつ》れ』と言った。また、雄略《ゆうりゃく》天皇七年七月の条には、天皇すら震え上がらせた三諸岳《みもろのおか》つまり奈良・三輪山の神に関して、『此《こ》の山の神をば大物主神と為《い》ふといふ。或いは云はく、菟田《うだ》の墨坂神なりといふ』と書かれ、更にこの神の正体は『雷《いかずち》』だったとある。実に理屈が通っていて素晴らしいな」

素晴らしいと言われても、何を賛辞しているのか、奈々には全くの謎だったが……。

それよりも今は、夜のお手入れをどうするかで、奈々の頭は一杯だった。

まさか、パックをしたり前髪にカーラーをつけたまま、部屋で崇と向かい合って話をするわけにもいかないだろう。とすれば、いつにしようか？　やはり、湯船に浸かりながらだろう。でも、すぐ向こうの部屋に崇がいるとなると、お風呂でくつろげるだろうか。せっかく、エッセンシャルオイルを持参して、こっそり湯船にたらそうと思っているのに。もしくはこの際、崇の体も奈々と同じ香りにしてしまうか……。

「というわけで――」

といきなり見つめられて、奈々はまたしてもドキリとする。

「は、はい」

「この炭坂という名称が――」

まだ、そちらの話の続きらしい。

奈々が見つめ返しながら頷くと、崇は口を開いた。

「炭坂——炭栄《すみさかえ》——住栄《すみえい》——住吉《すみのえ》——住吉《すみよし》となり、また一方では炭と同じニュアンスを持っている『火』から、火坂——火栄《え》——日吉《ひえ》——日吉《ひよし》、そしてまた、比叡《ひえい》となったというわけだ。これで、最初の話からずっと全てが繋がるというわけだ。そして奈々くんが、疑問に思っていたことも解ける」

〝何が疑問だったか……〟

半分キョトンとしながら崇の顔を覗き込む奈々に向かって、

「大きな山を食べてしまう」と崇は言う。「これが、製鉄民でなくて何だろう。彼らは樹木を、そして土中の鉱物を全て自分たちの物として扱う。そんな彼らが祀っていた神こそが——」

「大山咋神ですか」

「そうだ。今回は、この大山咋神やその周辺の神々を追ってみようと思ってる。あと、その辺りの神と非常に縁が深い、秦《はた》氏も含めてね」

崇は首肯《しゅこう》したが——。

長い話が戻ったものの、崇の話も外嶋に負けず劣らず、いやそれ以上に回りくどい。何がきっかけでその話が始まったのかを、忘れてしまうほどだ。

「但し、それもこの神の一面にすぎないがね」

崇は謎のような言葉を口にすると、資料のページをめくった。

「大山咋神に関して『山城《やましろ》国風土記』逸文には、こう書かれている。『玉依比売《たまよりひめ》、石川の瀬見《せみ》の小川に川遊《かわあそび》せし時、丹塗《にぬり》の矢、川上より流れ下りき。すなはち取りて床《とこ》の辺《へ》に挿し置き、遂に孕《はら》みて男子《おのこ》を生みき』——。やがてその『丹塗の矢』は『雷神』であったことが判明したため、その男子は京都・上賀茂神社祭神の賀茂別雷《わけいかずち》大神となった。そしてこの丹塗りの矢というのは鳴鏑矢、つまり大山咋神と同一である、とね。そしてまた、松尾大社の主祭神にもなっている。そもそも、松尾山自体、別雷山と呼ばれていた」

「えっ」奈々は驚く。「丹塗矢伝説は、以前にもタタルさんからお聞きしましたけど、松尾大社でも？」

「これはやはり」と崇は嬉しそうに笑った。「松尾大社にも参拝しなくてはならないようだな。何しろあの大社の祭神は、この大山咋神と、あの市杵嶋姫命だ。折角だから、ぜひともご挨拶しないと」

と言って、崇は奈々を見た。

「奈々くんは、松尾大社には？」

いいえ、と奈々は首を振った。

「昔、嵐山に行った時にちょっとだけ寄ったことがあるだけで、まだきちんとは……」

「じゃあ、神像も見ていなさそうだな。大山咋神と市杵嶋姫、そして一説では月読命といわれている木像だが」

「はい……すみません」

別に謝らなくても良いところかも知れないが、ペコリと頭を下げた奈々に、

「では、ぜひ神像館も見学しよう。日本最古、八〇〇年代に造られた一木造りの像といわれている。しかも、藤原宗忠《ふじわらのむねただ》の『中右記《ちゅうゆうき》』によれば、松尾大社で起こった怪異の一つとして『御笏落事』――神像の手にしていた笏が落ちたという事件を挙げている。その時は、神祇官や陰陽《おんみょう》寮の人間まで巻き込んで大騒ぎになったというから、いかに当時の人々が、この神像を重要視していたかということが分かる」

「それは、ぜひ！」奈々は、興味が湧いた。「それに、特に月読命の像は見てみたいです。といっても……月読命に関しては、余り良く知らないですけど」

「それはまた、後でゆっくり説明してあげよう」崇は頷いた。「あと松尾大社と言えば、やはり裏手の松尾山にある、市杵嶋姫が降臨されたという、巨大な磐座だな。平安時代の年中行事書の『本朝月令《ほんちょうがつりょう》』にも、市杵嶋姫が、秦忌寸都理《はたのいみきとり》によって九州の宗像から松尾山に勧請され、秦知麻留女《ちまるめ》によって御阿礼《みあれ》――つまり降臨させられたと書かれている。その後、この磐座に依り憑かれた市杵嶋姫の神霊は、麓に下ろされて大山咋神と合《ごう》祀《し》された」

「磐座……ですか」

「しかし現在、一般の参拝客が登れるかどうか、分からない。もちろん神職は、頻繁に登っているらしいが」

「山登りなんですね」

「噂では、往復約一時間だそうだ」

「一時間の山道！」

奈々は叫んでしまった。

いくら今日は曇り空だとは言え、間違いなく京都は暑い。もしも行くとなったら、そんな中、山道を一時間も歩けるだろうか。いや、それより崇は大丈夫なのか……とも思ったが、崇に関してはとても不思議で、外見はこうして色白でヒョロリとした男性なのに、いざこういった場面になると、奈々よりも遥かに強靱《きょうじん》になるのだった。それを、この間の伊勢の事件で知ったのだが。

しかし、崇は言う。

「往復一時間というから、大変そうに感じるんだ。三十分の登り道と、三十分の下り道と考えれば良い」

奈々にとっては、全く同じだったが、何か違うのだろうか？

まあ、しかし。

予想通りに、回る場所が増えた。あとは、外嶋や美緒にからかわれたように「事件」に巻き込まれなければ良いだけだ。そして、今回ばかりは、おそらく大丈夫。絶対に平穏無事。恙《つつが》なく安全。

そんな気がする。

「それでは」と崇は真剣な目つきで時計を見た。「時間もないので、最初からのスケジュールの練り直しだな。さて、どうするか。体力を温存するために、先に日吉大社に行くか。それともここはやはり『賀茂の厳神、松尾の猛霊』と恐れられた、松尾大社から参拝するべきか——」

これ以上ないほど真摯《しんし》な顔つきで、自分の作成してきた予定表を食い入るように見つめる崇を見ながら、奈々は思う。きっとこの調子ならば、今夜奈々が風呂上がりにパックをしながら話を聞いていても、崇は全く気にしないだろう。ついでにエッセンシャルオイルも……。

予定表と資料をバサバサとめくる崇を横目で見つめながら、奈々はクスリと笑った。

《 月の隈 》

夏の夜はまだ宵ながら明けぬるを
雲のいづこに月宿るらむ

清原深養父

阪急嵐山線の松尾駅を左手に見ながら小さな踏切を渡ると、目の前には「松尾大社」と刻まれた大きな石の社号標と「平成の大鳥居」が迫ってくる。

先ほどやって来た時は深夜、月が半分ほど雲に隠れている状態だったが、こうして朝日を真正面から受けている朱塗りの大鳥居を眺めていると、小難《こむずか》しい理屈も必要なく、気が引き締まるようだ。神々しい景色というのは、こういうことかと、村田は改めて思った。

中新井田は、次の赤鳥居の前で車を停めた。そして警備の警官に挨拶すると、こんなことがなければ実に爽快に違いない、早朝の境内に入る。そのまま真っ直ぐ楼門《ろうもん》への石段を登り、更に直進してもう一度石段を十段ほど登ると、左手には、いつも村田が「服酒守」をいただいている授与所がある。左手奥に、日本各地の醸造元から奉納されている膨大な数の酒樽が前面に飾られている御輿《みこし》庫をチラリと眺めて、村田と中新井田は拝殿前で右折し、社務所へと足を速めた。

　社務所の前にも警官が立っており、村田たちを本殿裏手の現場へと導いてくれた。村田も個人的に何度か訪れたことがある、巨大な岩が実にあっさりと無造作に並べられている「上古の庭」や、上流から杯を流して自分の前を杯が通り過ぎないうちに歌を詠むという曲水の宴を再現している、優雅な「曲水の庭」は、今回はもちろんパスだ。

　二人は直接、磐座口へと向かう。

　松尾大社の祭神の一柱、市杵嶋姫が降臨された磐座を祀っている山腹へ通じているという山道の入口だ。低い築地塀《ついじべい》が続き、それが途切れた入口には、枝を切り払われた二本の大木が立っていた。その間には注連縄《しめなわ》が渡され、四枚の白い紙垂《しで》が風に揺れていた。

　そこをくぐると、焦げ茶色の山道が一筋通じている。そして、その少し先に朱色の明神鳥居が見える。あの鳥居の貫《ぬき》の部分に、望月観が吊されていたのだろうが、今はもう下ろされて、入口から少し離れた地面に横たえられていた。

「やあ、お早う。徳さん」村田は、徳さんの姿を見つけると苦笑いしながら声をかけた。

「今回は、特に縁があるね」

「ああ、警部」徳さんも苦笑しながら、憔悴した顔で答える。「全く、どうにもこうにも、参りましたわ」

「ご苦労さん」と村田は言って、シートの上に横たわっている遺体を指差した。「情報によると被害者は、さっきの月読神社の被害者の兄さんだと聞いたがね」

「そのようです」徳さんは、顔をしかめながら頷いた。「もちろんこれも、検案の先生待ちですが。おそらく殆ど同時刻に殺害されたようですね。こちらは、こうやって後頭部を、石か何かで思い切り殴って」

徳さんは、遺体の頭を傾けて二人に見せる。

「その後、犯人は改めてここの鳥居の貫にぶら下げたんでしょう」

「意味が分からんな」村田は右手で顎《あご》を捻る。「どうしてそんな、面倒なことをしたんだ?」

全く、と徳さんも同意した。

「犯人は、何を考えているんだか。あと、現場にこんな物も」

と言って、ビニール袋に入れた、綺麗な刺繍《ししゅう》の施されたハンカチを差し出す。

「女性物です。どう見ても、被害者の物ではないでしょうが、あの鳥居の側に落ちていました」

「一般の人間も、あそこまでは行かれるのかな」

「今はまだ無理、と神職がおっしゃっていました」

「となれば、犯人の所有物の可能性が高いな。後でゆっくり見せてもらおうか」

「了解しました」

「しかし」と村田は、周囲を見回す。「ずいぶんまた、マニアックな場所に吊したもんじゃないか。神職以外、発見できようもないだろうが、その神職は？」

村田の問いに、

「はい」と近くに待機していた警官が答える。「現在、あちらの社務所で控えてもらっておりますので、後ほど直接、事情聴取をお願いします」

「分かった。だが、それにしても――」村田は、鬱蒼《うっそう》と茂る木々の間から、暗い山を覗き見た。「何か、ぞくっとする場所だな。この山道は、頂上まで続いているのかな」

「山の上の方に大きな磐座があるそうで、そこまで登るための道だそうですわ。現在、造成中だそうです」

「なるほど」

それで、まだ一般人は登拝が不可なのか。

ああそうそう、と徳さんはつけ加える。

「月読神社で被害者が所持していたと思われる、例のつげの櫛ですが、大急ぎで指紋を照合しました」

「どうだったね」

「被害者の指紋はもちろん出ましたが、その他にも一つ見つかりました」

「それは！」中新井田が勢い込む。「犯人の指紋ですか」

「まだ何とも言えませんが、重要参考人には違いないでしょうな」

「このハンカチからも、指紋採取できそうかね」

「いささか難しいですが」徳さんは、ハンカチに顔を近づける。「タオル地ではないですし、表面も滑らかそうですから、いけるかも知れません。やっておきます」

「ありがとう。また後で連絡するよ」

村田と中新井田は、徳さんに挨拶して、遺体搬送の許可を出すと現場を後にした。

「そういえば」歩きながら村田は尋ねた。「救急病院は、どうだ？」

ええ、と中新井田は答える。

「まだ、女性の意識は戻っていないようなんですが、この後、まわってみますか。ここから、すぐ近くですから」

「そうするとしよう」

村田は大きく頷き、二人は社務所に入った。

警官に案内されて社務所の奥まで行くと、黒縁の眼鏡がいかにも真面目そうな雰囲気を醸《かも》し出している神職が、椅子に腰を下ろしていた。二人が近づいて自己紹介すると、神職も立ち上がって挨拶した。この大社に二十年も勤めている神職で「山倉《やまくら》と申します」と名乗った。

村田たちは向かい合って座り、早速、遺体発見当時の話を聞いたが、前もって得ていた情報と、ほぼ同じだった。朝一番で磐座に登拝しようとしたら、入口付近の鳥居の貫に、何かがぶら下がっているのを見つけた。何だろうと思って近づくと、そこで首を吊っている人間だった。驚いた神職は、すぐに宮司に報告し、同時に京都府警に連絡を入れた――。

「山倉さんは」村田は尋ねる。「今回の被害者――望月観さんに関して、何かご存知でしょうか。たとえば、この大社の氏子さんだったとか」

いいえ、と山倉は額の汗を白いハンカチで拭った。

「先ほど、その亡くなられた方のお名前を伺いましたが、全く記憶にありません。念のために、氏子さんの名簿も調べてみたんですが、やはり載っておりませんでした」

「ということは、全く無関係だったと」

「はい……」

「ということはもちろん、被害者の妹さんも」

「妹さん、とおっしゃいますと？」

そこで中新井田が山倉に、昨夜の月読神社での出来事を伝えた。それを聞いて、

「何ということ……」

と山倉は絶句すると、何度も額の汗を拭った。

その後、いくつか細かい点を確認して、村田たちは事情聴取を終える。そして最後に、

「その、山にあるという磐座なんですが」村田は尋ねる。「どういったものなんでしょうか？」

はい、と山倉は頷く。

「こちらの大社の祭神の一柱であります、市杵嶋姫命さまが降臨されました磐座です。そのおかげで、この大社の原型が造り上げられました。その、非常に大きく立派な磐座が、山の頂上付近にございます」

「一般の人は、そこまで登れないとか」

「現在、我々の手で道を整えておりますので、それが終われば、一般の方々でも麓《ふもと》でお祓いをお受けになれば、登拝していただけるようにしたいと宮司が申しておりました」

「なるほど……。大きな磐座ですか」

頷く村田を見て、山倉は微笑む。

「警部さんは、貴船《きふね》神社をご存知でしょう」

「もちろん知っています」

「奥宮《おくのみや》も」

「ええ……」

と答えて村田は、昔、貴船で起こった不可解な殺人事件を思い出して、ほんの僅《わず》か顔をしかめた。

もう六、七年も前のことで、村田がまだ警部補だった頃のことだ。あの事件は、実に難解な展開と、嫌な結末だった。ちなみにその時も、この中新井田と組んだのだったが——。

「奥宮に、大きな船形石《ふながたいし》がありますでしょう」

「楕円形の、苔むした岩ですね」

「その石よりも、更に何倍も大きな磐座です」

その場所までの片道三十分以上かかる山道を、神職たちが交替で参拝しているということだった。実に、信仰心が篤いものだ、と村田は心の中で感心した。

だが、そのおかげで、こんなに早く被害者を発見できたわけなのであるが——。

村田たちは、丁寧にお礼を述べて社務所を出た。

＊

馬関桃子は目を覚ました時、一体自分がどこにいるのか分からなかった。白い天井、白いカーテン、カーテンの向こうから差し込んでくる日差し、そして――。

〝点滴！〟

桃子は自分の腕から無機的に伸びる、クリーム色のチューブを見つめて驚く。

〝ここは病院？　でも、どうして私がここに……〟

混乱する頭で桃子は考える。いや、その前に大きく深呼吸して、ゆっくり思い出す。

ええと……いつだろう。昨夜？　それとも、もっと前なのか。桃子はいつものように月読神社に参拝した。雲の隙間から顔を覗かせる居待月の光を浴びながら、境内を歩いた。解穢の水、本殿――。

〝そうだ！〟桃子は起き上がる。〝桂っ〟

境内奥の月延石の前で、友人の望月桂が倒れていたのだ。

大変だ！

桃子はグラリと軽い目眩《めまい》に襲われたが、もう一度深呼吸して気持ちを整える。

どうする？

このまま病院を飛び出すというのが非常にドラマティックな展開だが、現実はそうもいかない。そこで桃子は、ナースコールのボタンを押す。すると、しばらくしてパタパタと若い看護婦が急いでやって来てくれた。

「気がつきましたか」看護婦は、ニッコリと笑いかける。「良かったです」

「あの！」桃子は訊く。「ここは？」

「ええ」と看護婦は、検温や血圧測定の用意をしながら答えた。「松尾大社のすぐ近くの救急病院です」

「救急病院！　でも、どうして私が」

勢い込んで尋ねる桃子の腕に、看護婦は血圧計を装着しながら説明してくれた。

昨日。夜遅く、松尾大社近くの道に女性が倒れているという通報が入り、すぐに救急車が出動した。到着した時には、通報者の姿が見えなかったが、確かに若い女性——桃子が、路地裏の階段の下に横たわっていた。おそらく、階段を踏み外して転落したのだろうと思われた。命に別状はなさそうだったが、頭を打ってしまったのか、意識がなかった。そこで、とにかく一番近くにある救急受付の病院に搬送することになり、大社近くのこの病院に運ばれたのだという。

検査の結果、脳内出血もなく、血圧が多少低いことと、頻脈・頻呼吸以外の症状は特に見られなかったので、強いショック症状に陥っているのだろうと判断された。そこで、意識が戻るまで点滴をしながら様子を見るため入院となった、と看護婦は言った。

〝気を失っていた……〟

そういえば、月読神社を出た辺りで、何が起こったのか。頭が痛くて思い出せない。確かに、階段を大きく踏み外してしまった記憶はある。でもそれは、誰かに後ろから突き飛ばされたような……。

いや。気のせいか。

あの時桃子は、激しく動転していたことは間違いない。というのも、あんな事件が――。

そこまで考えて、桃子は大きく目を見開いた。

「大変！」看護婦に向かって訴える。「大変なんですっ。実は昨夜、月読神社で――」

そこまで言った時、ガチャリと病室のドアが開いた。そして、髪をきっちりと撫でつけて、金色の縁の眼鏡をかけた白衣姿の初老の男性と、その後ろには、地味なジャケットを羽織ったスポーツ刈りで、どことなく柔和そうな顔つきの中年男性、そして、やはり黒っぽい上着の、日焼けした逞しい顔つきの若い男性の三人が、病室に入ってきた。

「先生」と看護婦は、白衣の男に向かって呼びかけた。どうやら、この男性が桃子の主治医らしい。「今までの経緯を、簡単にご説明しました。また、体温、血圧共にほぼ平常値に戻られました」

「分かった」

主治医は軽く頷くと、先ほどの看護婦の話とほぼ同じだったが、多少詳しく昨夜の話を桃子に伝えた。仕事帰りらしき男性が桃子を発見して、救急車を呼んでくれたのだという。そしてこの病院では、京都府警立ち会いの下で、持ち物から桃子の名前その他を調べさせてもらった——。

「そういうことで」と主治医は軽く振り向いた。「こちらが、府警の刑事さんたちです」

「刑事さん？」桃子は二人をまじまじと見る。そして叫んだ。「それならば！　大変なんですっ。実は私、昨夜、月読神社に行ったんですけど、そうしたら——」

「知っています」

スポーツ刈りの刑事が、その温和そうな顔とは裏腹に、冷たく言い放った。捜査一課の、村田という警部らしい。

「女性の遺体が放置されていたことも、そしてあなたが、その遺体のそばまで行かれたことも」

「えっ。どうして？」

「境内に、あなたのものと思われる血痕が残っていました」

「驚いて転んでしまったんです！　それよりも刑事さん……」

桃子は息を呑んで、ゆっくり尋ねた。

「女性の遺体、ということは、やはり桂は……」

「馬関さんは、今回の被害者をご存知なんですね」

「はい……」

と答えて、桂との関係を簡単に説明した。高校からの友人で、同じクラスになったことはなかったが、一緒に遊びに行ったりしていた。映画や、ライヴや、買い物や――。

村田はチラリと中新井田を見て、メモを取っていることを確認すると続けた。

「よろしければ、もう少しお話を伺いたいのですが」

村田が主治医に確認すると、彼は軽く頷いた。その了承を受けて、

「昨夜――」村田は再び桃子を見る。「あなたが月読神社に行かれたことは確認できました。では、何故あんな時間にそのような場所へ？」

「はい……」

桃子は嫌な予感に襲われながらも、月読神社に行った理由を伝える。仕事の関係で良く行くのだが、個人的にとても気に入っているので、プライベートでもしばしば足を運んでいる――。

「昨夜は、お仕事ですか？　それともプライベートで？」

「どちらとも言い切れません」桃子は首を振った。「たとえば全くのプライベートで参拝しても、その時に何か仕事に関するインスピレーションを受けたりする場合もありますから」

「では、昨夜はどちらでした？」

「両方でした」桃子は苛々《いらいら》と答えた。「そんなことより、警部さんっ」

「何でしょう」

「桂は、一体どうしてあんなことに！」

「それを我々も知りたいんです。ですから、こうしてやって来ました」と言って、村田は桃子を見た。「あなたは、桂さんとかなり親しい友人だったとおっしゃいました。では当然、お兄さんの観さんも、ご存知ですね」

「もちろんです」桃子は頷く。「桂の家に遊びに行った時などに、何度もお目にかかりました」

「観さんとも、親しかった？」

「観さんは写真家を目指していて、自分で撮影した色々な写真を見せてくれました。特に夜空——月や星の写真が得意なようでしたので、私はいつも、さまざまな顔をした月の写真を……。でも、その観さんが何か……」

実は、と村田は声を低くした。

「やはり、亡くなられました。おそらく、桂さんとほぼ同時刻に」

「嘘っ」桃子は、ベッドから完全に起き上がった。「どうして？」

「原因は調査中ですが、撲殺、あるいは絞殺のどちらかです」

「どこでですかっ」

「松尾大社です」

「大社で……って」桃子は村田に食ってかかる。「一体、どういうことなんですか！」

するとと中新井田が、メモ帳を片手に口を開いた。

「そこでなんですが、馬関さんの昨夜の行動を、確認させていただきたいんです。意識を失って倒れられるまでの」

「それは……構いませんけど。でも！」桃子は急に泣きそうな顔になって村田たちを見た。「私は、事件に関しては、何一つ分かりません」

「いえいえ」中新井田は静かに言う。「ご存知の範囲で結構です」

中新井田は村田の顔を見る。村田が頷くのを確認して、再び続けた。

「あなたは、月読神社に行かれましたね。そして、被害者に触れた」

「は、はい。思わず――」

「被害者が持っていた、つげの櫛にも」

「つげの櫛ですか？」桃子は首を振った。「いいえ。そんな物、全く気がつきませんでした。というより、私は驚いてしまって、すぐにその場を離れました。少しでも早く警察に通報しなくてはならないと思って」

「そう……ですか」

中新井田は手帳にメモをする。

「あと、松尾大社で殺害された観さんなんですが」

「は、はい」

「あなたが最後に観さんとお会いになったのは、いつ頃だったか覚えていらっしゃいますか?」

「え……」桃子は首を捻る。「最近はお互いに仕事が忙しくて、桂とも会っていませんでした。久しぶりに電話があった時も、お盆休みにでも一緒に遊びに行かれたらいいね、などという話をしていたくらいでした。桂もそれくらいでしたから……観さんとは、おそらくもう一年以上」

「そうですか」中新井田は手帳に記す。「実は、大社の近くに、午前二時まで営業している『はるる』という名前の、個人経営の焼き鳥屋さんがありまして」

「知っています」桃子は頷いた。「お店に入ったことはありませんけど、夜遅くあの辺りを通った時、いつも明かりが点いているのを見かけました」

「そこの女主人の中嶋《なかじま》ハルさんのお話によりますと、昨夜、松尾大社から走り出して来た女性の姿を、たまたま見かけたというんですよ。こんな時間に女性一人、しかも大急ぎで走って行った。何かあったんだろうか、と思って覚えていたそうです」

「え……」

不思議そうな顔をする桃子に向かって、今度は村田が言った。

「我々としては、中嶋さんが目撃されたというその女性は――」

村田は、桃子を見据える。

「あなたではなかったかと思いましてね」

まさか！　と桃子は声を上げた。

「確かに月読神社には行きましたけど、松尾大社は鳥居もくぐっていません！」

「そうですか」

「はい。間違いなく」

「とすると……おかしなこともあるもんですな」

「何がですか」

訝《いぶか》しむ桃子の目の前に、村田はビニール袋に入った一枚のハンカチを差し出した。

「えっ」桃子は、それを覗き込む。「それは――」

「やはり、ご存知ですね。あなたのハンカチです。申し訳ありませんでしたが、指紋を採取させていただきました。そして、あなたの指紋と照合させていただいたんです。ハンカチに残っていた指紋は、微《かす》かでしたがね」

「それで……そのハンカチが何か？」

「松尾大社で発見されました。しかも、事件現場で」

「えっ」桃子は目を丸くした。「どういうことですか？」

「ちなみに、月読神社で桂さんの所持していたつげの櫛からも、あなたの指紋が発見されています」

「指紋って！」桃子は驚いて尋ねた。「だって、まだ昨夜のことなのに、そんなに早く？」

「まあ、本気でやろうと思えば、いくらでも方法はあります。どんな仕事にでもね」

「嘘……でしょう」

「今ここで、嘘をお伝えする理由はありません」

「じゃあ、一体何故？」

「ですから、それをお尋ねしているんです。お答えいただけませんか」

「そんな……バカな」

桃子の全身に、じわりと冷や汗が浮かぶ。

何が起こったんだろう！

桃子は再び、グラリと大きな目眩を覚えて、そのままベッドに倒れ込んでしまった。


病室をノックする音で桃子は、ハッと目を覚ました。

反射的に時計を見れば、まだ午前十時。

ドアがガチャリと開いて、先ほどの看護婦が顔を覗かせる。

「ああ。気がつかれていますね」微笑みながら、後ろを振り返った。「では、どうぞ」

その言葉に、看護婦に続いて顔を覗かせたのは、

「聡子《さとこ》！　友里《ゆり》！」

桃子の友人二人だった。

一人は、矢野《やの》聡子。桃子ほどは親しくなかった様子だが、望月桂とも同じ高校の友人。スラリと背が高く色白で、長く艶《つや》やかな黒髪の物静かな女性だ。現在、聡子は実家の病院の医療事務を受け持っている。普段はクールで沈着冷静な彼女なのだが、さすがに今回は少し動揺しているのが手に取るように分かった。

そしてもう一人、榎木《えのき》友里は、桃子より一歳年下の地元の友人。聡子とは対照的に小柄で、明るいショートカットの髪の元気な女性で、市内にある食品会社のＯＬだった。いつも甘い匂いの香水をつけている。聡子からは、少し強いんじゃないのと言われているが、桃子は決して嫌いな香りではなかった。

「どうしたんですか」友里が、その香りをふわりと漂わせながら駆け寄って来る。「聡子さんから聞いて、もうびっくりしちゃって、すっとんで来ました」

「ありがとう」桃子は泣きそうになる。「私もまだ、何が何だか分からないの」

「心配したわよ」聡子は、相変わらず冷静に言う。「あなた、一体何をやったの？　病院の外で、府警の人たちがウロウロしてたわ」

「そうですよ、桃子さん。何があったんですかっ」

「うん。実は――」

　と桃子は、半泣きになりながら、今朝の村田たちとの会話を二人に伝えた。月読神社と松尾大社で、望月兄妹が殺害されて――。

「恐い！」友里が、泣きそうな顔で叫んだ。「私は、その望月さんっていう人たちは知らないんですけど、朝のニュースで流れてましたよ」

「でも」と聡子は顔をしかめた。「ただでさえ桂が殺害されたって、家でも大騒ぎだったのに、まさか桃子までがあの事件に巻き込まれていたとは。父から連絡を受けて、驚いたわ」

「桃子さん……」友里が恐る恐る尋ねる。「まさか……本当に何でもないんでしょうね」

「どういうこと！」桃子は怒鳴った。「私が、どこでどう関係してるっていうの」

「……でも、警察が……」

「私も、府警が何を考えてるのか知りたいわ。第一、桂の遺体を発見した月読神社の月延石だって、友里のことを思い出して、安産のお参りに行ったんだから！」

「えっ」

　その言葉に友里は、顔を上げた。そして、その顔がみるみる赤くなる。友里は、困惑顔のまま自分のお腹に手を当てた。

「ごめんなさい」泣きそうになりながら、友里は上目遣いで桃子を見る。「本当に……

ありがとう。つまらないことを言っちゃって、許してください」

「許すも何も、そういうことだったのよ。そこで、桂を見つけたの。でも――」

桃子は眉根を寄せる。

「私が取った行動は、そこまで。それなのに、私の指紋のついた櫛だとか、ハンカチだとかが、月読神社や松尾大社で見つかって……」

ということは、と聡子が静かに言う。

「誰かに、嵌《は》められた可能性が高いわね。桃子、何か思い当たることはないの？　どこかで何かを見たとか」

「特にないけど……敢えて言えば、月読神社の境内で、草むらが音を立てて動いたのを見たわ」

「誰かいたんですか！」

驚いて尋ねる友里に向かって、

「いいえ」桃子は首を振った。「何も見なかった。でも、その後――」

桃子は警察に通報しようと思って駅に向かった。その途中の路地で階段から転げ落ちたのだが、

「誰かに、後ろから突き飛ばされたような記憶があるの。ただ私も酷く動転していたし、その後で気を失っちゃったから、はっきりと断定はできないんだけど……」

「恐い！」友里は声を上げた。「それマズイですよ」

確かに、と聡子も顔をしかめた。

「桃子。あなた、かなり危険な状況に陥っているわ。下手したら、殺されていたかも知れない」

うんうん、と友里も青い顔で頷いた。

「本当に、危機一髪だったかも！」

「桃子、聞いて」聡子は声をひそめた。「もし、犯人にあなたが無事だったことが知られたら、また何か仕掛けてくるかも知れない」

「え……」桃子も、真剣な顔で聡子を見た。「じゃあ私、どうしたら良いの。部屋に帰っても、独り暮らしだし……」

「でもとにかく、一旦ここを出た方がいい」

うんうん、と隣で頷く友里を見ながら、

「無理よ」と桃子は顔を曇らせた。「そんな簡単に、退院させてなんてくれない」

「私が、両親に頼んでみる。同じ地区の医師会員だし、院長も個人的に知っているから」

「そうですね！」友里も手を叩いた。「それが良いですよ、桃子さん。すぐに手続きして。もし何なら、持田《もちだ》さんたちにも手伝ってもらう」

「持田さん？」

うん、と友里は恥ずかしそうに、しかし大きく頷いた。

「一緒について来てもらったの」

持田治男《はるお》。友里よりも二十歳ほど年上の男性で、某有名自動車会社の部長だ。そして、友里のお腹の子供の父親……。

「じゃあ、友里たちは持田さんの車でここに？」

うん、と友里は頷いた。

「見上《みかみ》さんに運転してもらって」

「えっ」

見上義浩《よしひろ》。こちらの男性は、持田より少し年下で、持田の会社から発注される自動車の部品を扱う下請け工場の社長だった。

「見上さんは」友里は笑った。「聡子さんが頼めば、絶対に嫌とは言わないし」

「バカなことを」聡子は叱る。「勘違いされるようなことを、言わないで」

「だって、現実的にそうじゃないですか」

「ふん」

聡子は、冷たく横を向く。

しかし、その話はともかくとして——。

桃子に関しては、聡子の言う通りだ。もしも犯人が、桃子を再度襲撃しようと思ったならば、ここではかえって何の身動きも取れない。しかも、出入口は二十四時間、開いている。本気で狙われたら、防ぎようがないだろう。

「じゃあ、聡子。お願い！」

桃子は両手を合わせた。

「大袈裟な子ね」聡子は目を細めて笑う。「大丈夫。すぐに手続きしてもらうわ。午後一番で、退院できるように、父さんから頼んでもらう。うちの病院に、転院でも良いし」

「ありがとう！」

確かに、そちらの方が遥かに安全だ。

桃子は、ホッと肩の力を抜いた。

それにしても——。

今ここで、一体何が起こっているというのだろう。

桂と観の殺害。

それだけでもわけが分からないのに、その上、無関係な自分までが巻き込まれた。しかも、京都府警からは疑われている？

頭が混乱する。

桃子は、胸が押し潰されそうな気分のまま、窓の外を眺めた。

＊

京都のどこで、どんなお土産を買おうか。それとも今回は、余計な詮索を避けるために、何も買って帰らない方が良いのかも……。

そんなどうでも良いことで悩みながら、窓の外を流れて行く景色を眺めていた奈々の隣で、

「その鳴鏑矢、つまり丹塗りの矢なんだがね」

いきなり崇が口を開いた。

え、と我に返った奈々を気に留めもせず、崇は話し始める。

「『古事記』の神武天皇の条に、こんな話が載ってる。天皇が、自らの皇后とする少女《おとめ》を探し求めていた時のことだ。朝廷の軍事に携わっていた大久米《おおくめ》命が、

『ここによい少女《おとめ》がおります。この少女は神の御子と伝えられています。といいますのも、三島の湟咋《みぞくい》の娘に、勢夜陀多良比売《せやだたらひめ》という名の容姿の美しい少女があり、三輪の大物主神が、この少女を見て気に入ったため、その少女が厠《かわや》に入った時に、丹塗りの矢と化して厠の溝を流れ下って、その少女の陰部を突きました。その少女は驚いてあわてふためきましたが、その矢を持って帰り、床のそばに置きました。すると矢は、たちまち

立派な男性に変わって、やがてその少女と結婚しました。そして生まれた子の名を、富《ほ》登《と》多《た》多《た》良《ら》伊《い》須《す》須《す》岐《き》比売命といい、またの名を比売《ひめ》多《た》多《た》良《ら》伊《い》須《す》気《け》余《よ》理《り》比売といいます。これは女性の陰部を表している「ほと」という言葉を嫌って、後に改めた名です。こういうわけで、この少女を神の御子と申すのです』と申し上げた――のだという。『かれ、美《み》和《わ》の大物主神見《み》感《め》でて（中略）その美人《おとめ》のほとを突きき』というわけだ」

　というわけだ――と言われても、なかなかコメントしづらい話だったので、奈々はどんな顔をして頷けば良いか悩ましかったが、幸い崇は何も気にせずに続けた。

「これは、さっき話した玉依比売――京都・貴船神社の祭神・玉依姫命の伝説と非常によく似ているな。いや、この勢夜陀多良比売の話と全く同じと言っても良いだろう」

「微妙に神様が違いますけどね」

「松尾山が別雷山と呼ばれていたという事実を以てして、俺はここに登場する神々も同一だと思っている」

「大物主神や別雷大神が？」

「三輪の神である大物主神は、天橋立《あまのはしだて》の籠《この》神社や、大阪の石切劒箭《いしきりつるぎや》神社などの祭神である饒速日《にぎはやひ》命と同一神だという話はしたね」

　はい、と奈々は頷いた。

「奈良の大神《おおみわ》神社などで見られるように、一般的には大国主命と混同されてしまっているけれど、大物主神＝饒速日命と、大国主命は別の神だ、と」

「そうだ」崇は、大きく頷いた。「しかも大物主神は、これから追いかけようとしている大山咋神とは、同一神と考えられる。その証拠に、両神共に一大製鉄神であり、同時に酒造りの神としても崇められている。そこで、今の二つの話をドッキングさせると、物語が非常に分かりやすくなる。まず玉依姫命だが、この女神は『祓戸《はらえど》大神』の一柱、瀬織津《せおりつ》姫と同一神で『日本五大怨霊神』の一柱だ」

「日本五大怨霊神……ですか？」

そんな言葉を初めて耳にする奈々に向かって、

「そうだ。俺が選定した」崇は、あっさりと言う。「ちなみにその他の神々は、素戔嗚尊、饒速日命、市杵嶋《いちきしま》姫命、大国主命」

「え……」

確かに、誰もが恐ろしそうだった。

奈々が思わず背すじを伸ばすと、

「補足しておけば」崇が続けた。「この瀬織津姫は、天照大神の荒魂《あらみたま》であるといわれている。つまり、荒御霊《みたま》だと」

これで、古代日本の根幹に関わってきた主要な神々が、ほぼ出揃ったというわけだ。

「でも……」と奈々は尋ねる。「大物主神は饒速日命なんですから、そうすると瀬織津姫である玉依姫とは、タタルさんの言う大怨霊神同士で、婚姻を結んだことになってしまいますね！」

「そして『賀茂の厳神』である、賀茂別雷大神を生んだ。これは、素戔嗚尊と天照大神から、八王子という怨霊神たちがうまれたのと同じパターンだな。こちらの部分は、もう何度も話しているから覚えてしまっているかも知れないが、一応念のために言っておくと——。『記紀』などによれば、地上から追放されそうになった素戔嗚尊が天照大神に会いに行った時、素戔嗚尊の邪《よこしま》な心を警戒した天照大神に、自らの心が潔白であることを証明しようとして、二神で誓約《うけい》をした。その時に生まれたのが、市杵嶋姫命たち五男三女神——『八王子』だった。そして人々は彼らを、災厄をもたらす神として非常に恐れ祀った」

さすがに奈々も、大体の所は覚えている。また、天照大神と素戔嗚尊は本当に姉弟であったのかというと、そうとも限らないということも。それはただ単に『記紀』で、伊《い》弉諾尊《ざなぎのみこと》が、黄泉国《よみのくに》から戻って禊ぎをした際に、ほぼ同時に生まれたと書かれているからだと。

ええと、その場面は……どうだったか。

奈々が尋ねると、崇は「ああ」と答えた。

「『ここに左の御目《みめ》を洗ひたまふ時成りし神の名は、天照大神。次に右の御目を洗ひたまふ時成りし神の名は、月読命。次に御鼻《みはな》を洗ひたまふ時成りし神の名は、建速須佐之《たけはやすさの》男命《お》』——だな。ちなみにこれは『古事記』だが。そして、天照大神は高天原《たかまのはら》を、素戔嗚尊は海原《うなばら》を、月読命は『夜の食国《おすくに》』——黄泉国を任されることになった」

そうだ。

天照大神と素戔嗚尊と、そして月読命。

奈々は、ふと思う。

天照大神と素戔嗚尊は、この後も神話に登場してくるのに、彼らと殆ど同時に出現したにもかかわらず、そのまま夜の国に行かされて、その後は姿を現さない神——月読命。

何故だろう。

「タタルさん。少しお話が逸れてしまうかも知れませんけど」

と断って、奈々は崇に今の疑問を問い質した。

すると、

「月読命か」崇は苦笑しながら答えた。「松尾大社のすぐ近くに、大社の境外摂社として月読神社がある。松尾大社に行くからには寄ってみたいと思っていたから、京都に到着するまでに、この神に関して少し説明しておこう」

「よろしくお願いします」

と言う奈々に向かって、崇は口を開く。

「まず『月』なんだが――」

えっ。

そこからか。

一瞬、外嶋の言葉が奈々の頭をよぎる。

まさか、月は地球の唯一の衛星で、直径約三千四百キロメートル、地球までの距離約三十八万キロメートル、そして年齢はおよそ四十六億年……などという話から始まるのかと危惧した奈々の隣で、

「この『月』というのは象形文字で、三日月を描いている」

と崇が話し始めたので、奈々は少しホッとする。さすがに科学的・天文学的分野は省略してくれるらしい。

「そして」崇は続けた。「中国で『月は闕《か》くるなり』といわれているのは『月《げつ》』と『闕《けつ》』という読みからきているのだろうと『字統《じとう》』では解釈している。いわゆる『音義説』だな。まあ、どちらにしても月は『太陰』で満ち欠けし、日の『太陽』とは真逆に存在している。また、その月の中には兎がいるとか、蝦蟇《がま》がいるとか、更には姮娥《こうが》という美女が住んでいるともいわれ、月の国に去ってしまった彼女を偲ぶ風習が、いわゆる『月見』の嚆矢《こうし》だという説もあるが、真偽の程は分からない。ただ、ここで重要なのは、中国でも月を『女性』と認識しているという点だ」

確かに、と奈々は視線を上に移した。

「ギリシャ神話でも、ローマ神話でも、月は女神ですものね」

そうだ、と崇は頷く。

「セレーネー、アルテミス、ルナ、などのね。そして同時に、太陽神は男性であるというのが、全世界的な傾向なんだが、なぜかわが国では逆だ。太陽神である天照大神は女性で、月神である月読命は男性といわれている」

「それは、太陽と月、女性と男性というバランスを取ったからでしょうか」

「そうとも考えられるかも知れない」

崇は曖昧な答えを返すと、更に続けた。

「また、この月読命に関して言えば『つくよ』で『月』を表し、そこに『神』の意を表す『み』がついた形になっている、あるいは『月』を『読む』ということで暦《こよみ》の神だというのが一般的な意見だ。ゆえに、古代からこの神は『不吉』として扱われてきた」

月の神が不吉？

「だから、と言われても――」奈々は首を傾げる。「どうして、月の神だと不吉なんですか？」

「現代からすれば素直に納得できないかも知れないが、その証拠に『月』といえば必ず思い浮かべるであろう『竹取物語《たけとり》』の中には、

『月の顔見るは、忌むこと』

と、はっきり記されているし、紫式部《むらさきしきぶ》の『源氏《げんじ》物語』には、

『ひとり月な見たまひそ』

『月見るは忌みはべるものを』

つまり、女性が一人で月を見てはいけない。月を見ることは、良くないことだといわれている——と書かれてる。また、在原業平《ありわらのなりひら》にも、

　大方《おおかた》は月をもめでじこれぞこの
　　つもれば人の老いとなるもの

という、月に対してやはりとても否定的な歌があり、これは『伊勢《いせ》物語』にも採られている」

「そう……なんですね」

　頷く奈々に、崇は畳みかける。

「特に菅原孝標女《すがわらたかすえのむすめ》の『更級《さらしな》日記』などには、家の板屋の隙間から漏れ来る月の光を『ゆゆし』——斎々《ゆゆ》し、つまり忌まわしく不吉だ、として袖で隠したりもしているほどだ。

　だから俺は、いわゆる『月のもの』である月経が『赤不浄』とされて忌まれていたとい

うのは、実は話が逆で、忌まれていたからこそ『月のもの』と呼ばれるようになったのではないか。そう勘ぐってしまうほどだな」

それは——。

「知りませんでした」

奈々は素直に驚いた。

「でも現代では、お月見などは普通に行っていますよね。なのに、どうして昔はそれ程までに忌まれていたんですか？」

「一説では、これは中国の詩人の白居易《はくきょい》の『白氏文集《はくしもんじゅう》』の、

莫対月明思往時（月明に対して往時を思うこと莫《なか》れ）
損君顔色減君年（君が顔色を損じて君が年を減ぜん）

から来ているともいわれている」

そうなのか、と納得しかけた奈々に、

「しかしその一方で」と崇は言った。「それは後付けで、月を忌むという風習は古《いにしえ》から存在していたという意見もある。というのも、わが国では遠い昔から、余りにも美しい物や神々しいモノは、直視してはいけないという考え方があったからだとね」

どっちなのだ。

けれど、どちらの説を取っても頷ける。

確かに昔は、天皇や高貴な貴族たちの顔を直接見るなどという行為は、バチが当たるなどといわれて、かなわなかった。現実的に、太陽を直視すれば視力を失ってしまうように。

「タタルさんは」奈々は崇の顔を覗き込んだ。「どちらだと思われますか?」

「同じだよ」

「えっ」

「どちらに転んでも、月は月だからね」

謎のような言葉を口にすると、崇は奈々を見て微笑んだ。

「でも、それじゃ……」

奈々が眉根を寄せて唇を尖らせた時、新幹線の車内アナウンスは、もうすぐ名古屋に到着すると告げた。名古屋を出れば、京都まではわずか三十分ほどだ。

＊

聡子のおかげで、あっさりと桃子の退院が決まった。

桃子自身も、特に大きな外傷等も見られなかったことが幸いしたようで、このまま聡子の病院に移って、念のためにもう一、二日検査入院することになったのである。しかも、タクシーで移動できる距離であるにもかかわらず、友里の言った通り、わざわざ持田と見上もやって来てくれた。持田の車を、見上が運転してきたらしい。

桃子たち三人が後部座席に腰を下ろし、持田が助手席に、見上がハンドルを握った。

「でも、良かったね」車が出ると、友里が言った。「さすが、聡子さん。やることが早い」

「両親のおかげよ」聡子があっさりと答える。「たまたま、お互いに良く知っていたから。あそこの救急病院で、ラッキーだった」

「それで――」

と持田が、助手席から振り向いた。まだ四十五歳くらいで、白髪がチラホラと見える、小柄でいかにも人の良さそうな男性だ。この年で大企業の部長などというと、いかにもやり手の脂ぎった男性を想像してしまうが、持田は技術畑から出世してきたため、物静かで真面目な印象を受ける。十年ほど前に奥さんを病気で亡くして、現在は年の離れた友里と交際しているということだった。

「桃子さんの体調は、どうなんですか。もう何ともない？」

ええ、と桃子は微笑みながら頷いた。

「手足の打ち身と擦り傷、そしてまだ時々、軽い目眩がするんですけれど、その他の大きな外傷は特に何も」

「それは幸運でした。直接頭を打たなかったのが幸いでしたね」

と笑う持田の隣でハンドルを握ったまま、

「でも、災難だったねえ」と見上は言った。「結局、事故ということになったの？ 誰かに襲われたんじゃなく」

「どうして桃子さんが誰かに襲われなくちゃならないのよ！」友里が冷たく言った。「何もしていないっていうのに」

「い、いや、たとえばの話」

「変なこと言わないでください」

友里は、余り見上のことを好きではないらしい。そして見上も、友里と少しばかり距離を置いている雰囲気がある。見上は、どちらかといえば友里の言葉通り、聡子を気にかけているようだった。

まあまあ、と持田が割って入る。

「社長の言うことも、もっともだから」

持田はいつも、見上のことを「社長」と呼んでいた。そこで見上は、

「いや、どうも……」

と前を見たまま、軽く頭を下げた。

見上は持田よりも年下なのだが、こうして並んでいると、大学時代に体育会系だったというだけあって体格も良いいし、声も大きいので、これで口髭でも生やしたら、持田の上司に見えてしまうかも知れない。見るからに、いかにも精力的に仕事をこなす、中小企業の社長というタイプだった。

「それより、殺人事件よね」友里が顔をしかめる。「犯人の見当は、全くついていないんですって。大体、どうしてあの望月さん兄妹が殺されたのかも分からないって」

「それじゃ」と持田も声をひそめながら言う。「また、府警が桃子さんをつけ狙ってくるかも知れないね。きっと、彼らも焦っているだろうから」

「はい……」

と桃子は答えたが、一体何をどう注意していれば良いのか、皆目見当がつかなかった。そんな気持ちに追い打ちをかけるように、

「本当だね」見上が言った。「何しろ、現場から桃子さんの指紋のついた品物が見つかっているというんだから。そして、それが府警にとって唯一の手がかりだっていうんだ

ろう」

だから！　と友里が叫んだ。

「それは、犯人に陥《おとし》いれられたの！　桃子さんが、あんなことするわけないし」

「ああ……それは失礼」

見上は肩を竦めて、口を閉ざした。

「でもそうなると」と聡子が冷静に言う。「どうして犯人が、そんな面倒なことをやったのかということね。そのまま逃走すれば良いのに、改めて現場に戻るなんて」

「おそらく」と見上は、バックミラーで聡子を覗き見ながら答える。「犯人にしてみたら、桃子さんに姿を見られたと思ったんだろうね。それで、桃子さんを襲ってあわよくば――」

殺害、という言葉を見上は呑み込んだのだろう。

「では」と聡子は問いかける。「桃子がこうして退院したことを犯人が知ったら、再びつけ狙ってくると言うんですか」

「その可能性は、あるでしょうね。犯人自身が、自分は安全だと確信できるまで」

「しつこい奴ね」

「でもさ」友里が口を挟む。「桃子さんのハンカチを落としておくっていうのは分かるけど、月読神社は、つげの櫛だって。どうして、そんな物があったんだろう。殺された桂さんが、最初から持っていたのかな」

「そりゃあそうだろうね」持田が答えた。「まさか、たまたま犯人が持っていたってことはないだろうし、桃子さんの指紋をつけて残すならば、もっと簡単な物がある。ライターとか携帯電話とか」

「そんなもん、桃子さんが持ってるわけないでしょう。ねえ」

桃子は「うん」と頷く。

「それでなくても私、桂の洋服に触っちゃってるし」

「じゃあ、念には念を入れたのね。嫌らしい犯人だわ」

と言ってから、友里はふと呟くように続けた。

「でもね私、さっきふっと思ったの」

「何を？」

尋ねる桃子の目を、友里は真剣な眼差しで覗き込む。

「この殺人事件って、何となく『月』が関わっているんじゃないかって」

「どういうこと」

「月読神社で殺されたのが望月さんで、つげの櫛を持っていた。そしてもう一人の望月さんは、お酒の神様の松尾大社で首吊り――」

「それがどうして、月なの？」

「『月夜見』です！　昔、お祖母ちゃんたちが歌ってて、小さい頃に聞かされませんでした？　今はもう、影も形もなくなっちゃってるけど、あの手鞠唄《てまりうた》――」

　えっ、と桃子は驚く。

「そう言われれば……」

「ねえ、そうでしょう！」

「バカらしい」聡子は嗤《わら》った。「つまらないことを言ってないで、もっと現実的な話をしましょう。桃子がこれから、どんな対応を取れば良いのか」

「そうだよ」と見上も、バックミラー越しに言った。「さっきも言ったように、現場から桃子さんの指紋が見つかっている以上、府警はこれから何度もやって来ると思って間違いないんだから。それと、もしかしたら犯人も」

　その言葉に「ふん」と鼻を鳴らすと、友里は黙り込んだ。

　やがて、車が桃子の住むマンションに到着すると、聡子と友里に手伝ってもらい、桃子は簡単な身の回り品を整えて、再び車に乗り込む。車は、あっという間に聡子の病院に到着した。そして桃子たちが下りると、

「今日は、どうもありがとう」友里が、男性二人に向かって深々と頭を下げた。「もう、ここまでで大丈夫。あとは、私たち三人で。色々とお話もあるし」

　その言葉に、キョトンとお互いに顔を見合わせる持田と見上に向かって、

「本当に今日は、ありがとうございました」聡子が、長い黒髪をパラリと揺らしてお辞

儀をする。「また後日、よろしくお願いします」

有無を言わさぬ口調で、しかしニッコリと微笑んだ。

ここまで言われては、男性二人は何も言い返せず、

「じゃ、じゃあ、桃子さん、お大事にね」

などと桃子に気を遣いながら、車で去って行った。これではまるで、十年ほど前のバブル時代に流行《はや》った「アッシーくん」――車で送り迎えだけしてくれる男性のような扱いだと思ったが、友里たちがそれで良いのなら、桃子が口を挟むような問題ではない。

そのまま桃子は、聡子に連れられて簡単な受付を済ませると、検査入院用の病室に入った。聡子が押さえてくれた二人部屋に、桃子一人ということらしかった。荷物を解いて落ち着いていると、すぐに担当の医師と看護婦がやって来て、一通りの問診と、体温、血圧、脈拍などを測定する。二人とも、もちろん聡子とは充分に顔見知りで、検査の段取りなどはすぐに決まり、医師たちは、後ほど傷の手当てと共に、念のためにCTや心電図などを測定しますのでよろしく、と言い残して病室を去って行った。

部屋は、桃子たち三人だけになる。

そこで、改めて今回の事件の話をした。だが話といっても、どうして桃子が巻き込まれてしまったのかということがメインだ。やはり桃子は、何かを見たのか。それとも、犯人がそう思い込んでしまったのか。

「確かに」と桃子は言った。「月読神社で桂が倒れているのを見て、驚いて振り返った時、草むらが揺れた。私は、野良犬か何かだと思ったんだけど、きっと犯人だったのね」

「本当に、何も見なかったんですか？」

尋ねる友里に、

「うん」と桃子は頷く。「でも……」

何かが、頭の隅にずっと引っかかっているのだ。

自分の知っている「何か」が、あの場にあった。

それは何だったのかが、全然、思い出せない。それさえ思い出せれば、きっと事件の解決に関われるのに。

漠然とだったが、桃子はそんな気がしていた。

「でも」と桃子は、二人に向かって改めてお辞儀をした。「聡子や友里のおかげで、とっても助かった。私一人じゃ、どうして良いか分からなかったし。それと、持田さんと見上さんにもお世話になっちゃって。良くお礼を言っておいてね」

と言うと、急に友里が下を向いた。

「どうしたの、友里？」

その態度の変化に驚いて尋ねる桃子に、

「う、うん……」友里は小声で答える。「実は最近、もっちーの様子が……」

この「もっちー」というのは、もちろん持田のことだ。

「ちょっと変なんです」

「変って？」

「私が妊娠してから……少し、態度が変わっちゃって」

「えっ。どういうこと」

「簡単に言うと」聡子が代わって説明する。「余り、喜んでくれていないようなんですって」

「そんな！」桃子は友里を見た。「だって、あなたたち、真面目におつき合いしているんでしょう。結婚を前提として」

「でも……」

煮え切らない様子の友里に、桃子は自分が今おかれている立場を忘れて詰め寄った。

「しっかりしなさいよ、友里！　持田さんと、きちんと話をして」

「ちゃんと話は……してます」

「じゃあ、そのまま進むしかないでしょう！」

「それでも……」

友里が口籠《くちご》もった時、病室のドアがノックされた。

「はい」

桃子が答えるとドアが開いて、そこには和服姿の美しい女性が立っていた。

「お母様」

聡子の母親の、華月《かづき》だった。雪のように白い顔、聡明そうな額、そして紅《あか》く優しそうな唇。桃子の、憧れの女性の一人だ。

華月は、桃子に挨拶すると、隙のない態度で、

「聡子さん。ちょっと、こちらへ」

と聡子を呼ぶ。弾かれたように聡子は華月のもとへ行き、廊下で何やら話をした。やがて再び聡子が病室に戻って来ると、

「今回は大変でしたね、馬関さん」と華月がその後ろから微笑んだ。「こちらは安心ですから、少しゆっくり休まれると良いわね」

「あ、ありがとうございます」桃子は、何故か酷《ひど》く緊張しながら頭を下げる。「色々と、お気遣いいただきまして、申し訳ありませんでした。ご迷惑をおかけして――」

「いいえ」華月は、絵画のように微笑む。「私たちに関して言えば、誰も迷惑を被っていませんよ。こちらで少し、ゆっくりなさって」

「は、はい」

「聡子も今、暇を持て余しているようですから、よろしければお相手をしてあげてくださいね。では、ご機嫌よう」

流れるように言うと、華月は軽く一礼して姿を消した。

「ふう……」ドアが閉じられると、友里が嘆息した。「相変わらず聡子さんのお母様は、綺麗で素敵で恐いですね」

「恐い？」

「近寄りがたいって言うんですか。余りジロジロ見ていると、失礼に当たるくらいに」

「……バカね」

それで、と桃子が尋ねた。

「さっき廊下で何を話していたの？　本当に迷惑かかっていない？」

「大丈夫」聡子は微笑む。「病院間のつまらない事務的な手続きの話。今回は、実質的に母が尽力してくれたから」

「そう……。お母様には、くれぐれもよろしくお伝えしてね」

「そんなこと、気にしないで」

聡子が笑った時、

「あっ」と友里が声を上げた。「ねえねえ、聡子さん。聡子さんのお母様って、さまざまな日本の伝統行事をされるって言ってませんでしたっけ」

「ええ。年末年始やお盆、お彼岸はもちろん、七夕とかお月見とか」

「お月見も、色々と細かく」

「そうね。三日月祀りとか、十三夜待ちとか」

「そうしたら、さっきの私の意見、聞いてみてくださいよ」

「友里の意見って？」

「嫌ですね。今度の事件と『月夜見』の唄ですよ！　自分で言っていて私、何だか本当に関係があるような気がしてきたんです。ぜひ、聡子さんのお母様の意見をお聞きしたい」

「…………」

聡子は、困ったような顔つきで桃子を見た。桃子も苦笑して見返す。すると聡子は友里に視線を戻すと、

「分かったわ。今度聞いておく」

そう返事して、肩を竦めた。

《 月の妖 》

心にもあらでうき世に長らへば
恋しかるべき夜半の月かな

三条院

昼少し前。

府警で報告書に目を通していた村田のもとへ、馬関桃子の入院している救急病院から連絡が入った。先ほど病院を引き上げる際に、桃子に関して何か動きがあったら、必ず一報を入れるようにと念を押しておいたのだ。そして病院は、忠実にその約束を果たしてくれたわけだ。

病院からの話によれば、地元で知人の病院への転院願いが、桃子から出されたのだという。その病院は院長夫妻同士も知り合いなのだが、許可して良いかという質問だった。

村田は、すぐに許可を与えた。ここは敢えて、桃子の好きにさせておこうと考えたのである。というのも、今朝の事情聴取では、今一つピンとこなかった。現場に倒れていた被害者や、被害者の持ち物から自分の指紋が出ているのだから、若い女性である桃子が犯人ならば、もっと動揺しても良い。だが、あの時の桃子は、本心からただ驚いていた様子だった。となると、松尾大社の指紋付きのハンカチも、少しできすぎのようにも思えてくる。

そうなると、ここで考えられる真相は二つ。

一つめ。桃子の他にも共犯者がいて、彼女はその共犯者に裏切られた——。とすれば、階段から落ちた事故も、ひょっとするとその共犯者の仕業という可能性も出てくる。

二つめ。桃子はこの事件に全く無関係で、完全に犯人に嵌められた——。だが、こちらも余りに話がうまくできすぎている。たまたま桃子がやって来た時に、彼女の知り合いが二人も殺され、たまたま桃子がそのうちの一つの遺体に触れてしまった……。

どちらにしても、すっきりとしない。だが、少なくとも犯人は、桃子に何かを「握られた」と感じていることは間違いない——。

ここまでを村田は、桃子に会う前に考えていた。だから今朝の事情聴取でも、村田たちは完全に桃子を犯人と考えているような態度を取って、プレッシャーをかけた。実際に現場から、桃子の指紋が検出されているのだから当然と言えば当然なのだが、少し大袈裟に問い詰めてみた。これで、桃子の周囲に共犯者がいるのならば、すぐに動きがあるだろうと思っていたのだ。

そこに、この転院の話。

きっと、共犯者と全く無関係ということはあるまい。そう踏んで、村田はあっさりと許可した。ここで少し、泳がせてみるという作戦だった。

村田は報告書を机の上に放り投げる。その時、ふと一枚のA4の用紙が目に留まった。松尾大社から飛び出して来た若い女性を目撃したという、焼き鳥屋「はるる」の女将《おかみ》、中嶋ハルから聞いた「唄」が書かれていた――。

「えらい騒ぎどしたけど、何があったんどすか」

村田たちが訪ねて行くと、殆ど寝起き状態のまま、ハルは尋ねてきた。もう、とっくに還暦を過ぎているのだろう。若い時期に夫と離婚して、それ以来女手一つでこの焼き鳥屋を切り盛りしてきたらしい。小さいが、こざっぱりとした良い感じの店だった。

村田たちはハルに、月読神社と松尾大社での事件を、かいつまんで説明し、ハルの目撃したという女性の容姿について、詳しく教えてもらいたいと頼んだ。しかし今回は、

「私も酔っていましたし」とハルは自信なさげに答えた。「とにかく辺りが暗くて、ほんのチラリと見えただけですから……けったいなことは言えませんなあ」

一晩寝て、冷静になったらしい。

「では」と村田は尋ねる。「若い女性と思われたのは、どんな点からでしたか」

「何か……髪の毛がふわりと流れたような気がしたんですが……今思うと、それもただの影だったかも知れません」

落胆を隠せずに、村田たちが礼を述べて退出しようとした時、ハルが何気なく言った。

「そやけど、今聞いた事件は、あれに似とりますなぁ」

その言葉に二人は足を止める。

「あれ、とは何ですかね？」

真剣な眼差しで尋ねる村田に向かって、

「はい」とハルは、軽く頷きながら答えた。「『月夜見』どす」

「月夜見？」

「昔の手鞠唄どす」ハルは懐かしそうに微笑む。「今の時代では、もうどこへ行っても聞けませんが、私の母親の頃には誰もが歌っとりました」

「ちなみにそれは」村田は身を乗り出す。「どんな唄なんでしょうか。そして、今回の事件に似ているとは？」

「いや……」ハルは恥ずかしそうに下を向いた。「すんまへん。またしても、私の勘違いかも知れません」

確かに現在では、手鞠をついて遊ぶ女の子など滅多にいないだろう。少なくとも、村田の知っている範囲では見たことがない。だが、一応村田は尋ねる。

「ハルさんは、当然その唄をご存知ですね」

「ええ、もちろんどす」

「もしよろしかったら、聞かせていただけませんかね」

「お恥ずかしい」

「いえ、そうおっしゃらず」

などというやり取りの後、ハルはおずおずと歌った。それは、とても物悲しい唄だった。だが、確かに似ていると言われればそうだが、全く無関係と言われると、そちらも納得してしまうような歌詞だった。村田に言われて、中新井田は歌詞を必死に書き留めていた。

唄が終わると、

「大抵は安っぽくて赤い手鞠どしたけど、たまに買ってもらう新しくて白い手鞠は、綺麗なお月様をいただいたようで」ハルは笑った。「私らは、とても嬉しかったものどす」

「それで、ハルさん」

尋ねる村田に「はい」とハルは首を傾げる。

「なんどすか」

「この手鞠唄は、これだけですか。三番はないんでしょうか」

「ええ」ハルは頷いた。「最後まで歌ったら、また最初に戻って、何度も繰り返します」

「何度も繰り返す――んですね」

「はい」ハルは村田を見る。「それが何か？」

「いや」村田は店の中をぐるりと見回した。「ありがとう。事件が片づいたら、また顔を出しますよ。焼き鳥は大好物なもので」

「おおきに」

ニッコリと笑うハルに改めて礼を述べると、村田たちは「はるる」を辞した――。

そんなことを思い出しながら、

〝月夜見か……〟

村田は、中新井田が打ち出してくれた歌詞に目を通した。


「月夜見」

機織りは辛い
辛いは子守り
子守りはよう泣く

泣くのは妹《いもと》
妹なぜ泣く
私《わたくし》は、
お屋敷に売られて参ります
櫛笥《くしげ》一つで参ります
売られ売られて明日から
淋しい衣を織りまする
月を眺めて泣きまする

酒造りは辛い
辛いは遊女
遊女はよう恨む
恨むのは弟《おとと》
弟なぜ恨む
私は、
お屋敷に売られて参ります
杉玉《すぎだま》吊しに参ります

売られ売られて明日から
悲しい酒を醸します
月を眺めて恨みます

〝ふん……〟

村田は歌詞が綺麗に印刷されたその用紙も、ポンと放り投げた――。


一旦家に戻って食事をし、シャワーを浴びて仕切り直しして来た村田に、

「警部！」中新井田が走り寄って来た。「ちょうど良かったです。たった今、ご連絡しようと思ったところです」

「どうした」村田は、ゆっくりと自分の机に向かう。「事件《ヤマ》が進展したのか。何か新しい情報でも？」

すると中新井田は、

「いえ」と顔を曇らせた。「また、新たな殺人事件《コロシ》が」

「何だと」

「絞殺のようです」

「場所は？」

「松尾大社から、桂川を挟んで東岸の衣手《ころもで》町の衣手神社で」

「衣……」

「は？」

「い、いや何でもない」村田は首を振った。「独り言だ。その神社も、余り知らんな」

「松尾大社の末社で、またの名は三宮《さんのみや》神社です」

「じゃあ、やはり一連の事件と関係があるのか！」

「そこまでは、まだ何も」

「それで、被害者は？」

「またしても、若い女性のようです」中新井田は、手帳を開いて確認した。「地元のOLで、榎木友里、二十四歳。鑑識の徳さんたちは、すでに現場に入っています」

「分かった。すぐに現場に行こう」

はい、と中新井田が答えて、二人は部屋を飛び出した。

衣手神社は、もともと桂川東岸の地の産土神《うぶすながみ》として祀られていた「三宮神社」に、松尾大社の境内末社である「衣手」社を合祀した神社である。そのため、松尾大社例祭の「松尾祭」における、御輿渡御《みこしとぎょ》の御旅所《おたびしょ》——仮に留まる社となっている。現在は、街並みに埋もれてしまっているが、かつてこの場所は「衣手の森」と呼ばれ、下鴨《しもがも》神社の

「糺《ただす》の森」、伏見《ふしみ》の「藤《ふじ》の森」と並んで「京都三大森」の一つだった。実際に、藤原定家らの歌にも詠み込まれる「歌枕」の地だった――。

などと、例によって村田は、中新井田の運転する車の中でそんな下調べをしながら、現場へと向かう。窓の外を見れば、長く暑かった夏の一日も終わりを告げ、真紅の夕陽が松尾山の彼方に沈もうとしていた。

「衣手神社か……」

「ふと思ったんですが」中新井田が前を向いたまま言った。「あの、中嶋さんの手鞠唄の話、本当かも知れないですね」

「『月夜見』か」村田はスポーツ刈りの頭を掻いた。「何ともいえんな」

ところが警部、と中新井田は言う。

「現場の話によりますと、今回の被害者の体の上に、薄手の着物が掛けられていたそうなんです」

「なにぃ！」

淋しい衣を織りまする――。

月を眺めて泣きまする――。

村田が腕を組んで唸った時、車は現場の衣手神社に到着する。

鳥居前の警官に挨拶しながら中新井田が車を停め、ドアを開けて地上に降り立つと、陽は翳《かげ》っているものの、まだ京都特有の蒸し暑さは、収まっていなかった。

村田は「三ノ宮」という大きな額が掲げられている石の鳥居をくぐる。月読神社ほども広くはない境内は、相変わらず鑑識や警官で埋め尽くされていた。その中には、例によって徳さんもいる。

今回三度目の挨拶かたがた、状況を聞けば、被害者はやはり榎木友里。何者かに背後から首を電気コードのような物で絞められ、絶命。殺害現場はおそらく、この境内だろうという。また現在、家族に連絡を取っている――。

「こんな状態で」と村田は遺体を眺めた。「着物が掛けられていたのかね」

「一重《ひとえ》の夏の綺麗な着物ですわ。まさかこんな場所に落ちていたってこともないでしょうから、おそらく犯人が最初から用意していたんでしょうな。着物に関しても、詳しく調べます」

「よろしく頼む」

そして徳さんに連れられて、何ヵ所か境内をチェックして仕事を終えた後、村田と中新井田が車に戻ろうとすると、鳥居の前で警官と一人の男性が何やら揉めていた。その男は、村田よりはやや長めのスポーツ刈り、日焼けした顔にがっしりとした体格、薄い色のブレザーを羽織っていた。

新聞社か週刊誌の記者だろうと思って通り過ぎようとした時、その男が村田たちを認めて声をかけてきた。

「村田さん！　もう警部さんになったのかな？　あ、それと中新井田さんも」

誰だ？　と思って村田たちは足を止めて男の顔を見た。

「ああ……」確かに見覚えがあった。「きみは――」

「小松崎《こまつざき》」その男は警官の手を思い切り振り切って、村田たちに歩み寄ってくる。「小松崎良平《りょうへい》です。何年も前ですけど、貴船の事件でお目にかかりました」

そうだった。

あの面倒臭い事件にかかわってきた。

「確か、警視庁捜査一課の岩築竹松《がんちくたけまつ》警部の甥っ子だったか」

「ええ、そうです」小松崎は笑う。「東京からやって来ました。しかし京都は暑い」

「今回、警視庁は関係ないはずだがね」

「ジャーナリストの仕事関係で、被害者の一人が、知り合いなんですよ。望月観っていう写真家が」

「何だ？」

「そんな関係でね。京都まで来たら、また何か事件だっていうじゃないですか。それに担当されてるのが、村田警部と中新井田さんじゃ、ちょっと色々とお話を伺えるかなと思いましてね」

「今のところ、特に話すこともない。新聞やニュースで流れていることが全てだ」

「でも、月読神社やら松尾大社やらの事件で、月の写真が得意だった観さんや、彼の妹さんが殺されたっていうんじゃね。興味が湧きますよ」

「被害者は、月の写真を得意としていただと？」

「ああ、ご存知なかったですか」と言って小松崎は、一冊の写真集を見せた。「これが、観さんの出した写真集」

濃い青紫色の表紙には、京都の街に浮かぶ綺麗な満月の写真が写っていた。

「そういうことで、どこかでお話でも伺いながら情報交換など」

「…………」

無言のまま口をへの字に結んだ村田に、なおも小松崎は言った。

「ちなみに今回は、貴船の時の蘊蓄垂れ薬剤師は来ていませんので、話は簡単だと思いますよ」

岩築警部の親戚でなければ、とっとと追い返すのだが、と心の中で思いながら、村田は小松崎に車に乗るように目だけで合図を送った。

＊

夕方。一通りの検査が終了して、桃子がぐったりとベッドに横たわっていると、病室のドアが激しくノックされた。

何事かと思って飛び起きたのと殆ど同時にドアが開き、

「桃子っ」聡子が血相を変えて部屋に飛び込んで来た。「あっ。ごめんなさい、返事も待たずに」

「う、ううん」桃子は驚きながらも首を横に振った。「全然構わないけど――」

「寝てた？」

「横になっていただけ。ちょっと疲れちゃって」

「そうよね」聡子は硬い表情のまま頷く。「大変な一日だったものね……。でもね！」

と言って桃子のベッドに近寄った。「もっと大変なことが起こったの」

「えっ……」

不安げに尋ねる桃子に向かって、

「今度は、友里が」聡子の目に涙が溢れる。「友里が……」

「友里が、どうしたの！」

「……殺されちゃったのよ！　首を絞められて」

「そんな……」その言葉に桃子は、あわててベッドの縁から足を下ろすと、聡子の肩をつかんで揺さぶった。

「ちょ、ちょっと待ってよ聡子。一体、どういうことなの。何かの間違いじゃない？」

「さっき、連絡が入ったの。そうしたら、テレビの臨時ニュースでも流れてた。友里が……衣手町の三宮神社で殺されたって」

「衣手神社で！」

桃子は、無言のまま肩を震わせている聡子から手を放した。そして、呆然と宙を見る。つい数時間前まで、ここにいて一緒に話をしていた、その友里が――。

「何があったの！　友里は誰に襲われたのっ」

まだ、と聡子は泣き腫らした目で桃子を見た。

「まだ、詳しいことは分かっていないみたい……。でも、もしかしたら、この事件に関係しているのかも」

「そんな……」桃子の目にも涙が溢れてきた。「私が巻き込まれてしまった事件に関して、友里が何かした？　全然関係ないじゃない！　松尾大社の救急病院から、聡子の病院までつき合ってくれただけで」

私――と、聡子は涙を拭った目を細めた。

「さっき、ふっと思ったんだけど……。ああ、どうしよう、止めておくわ」

「何よ」桃子は聡子に顔を近づける。「何を思ったの」

「……二人だけ。ここだけの話にしてくれる？」

聡子は急に声をひそめ、桃子が「うん」と真剣な顔で頷くと、

「もしかして」と聡子は、更に低い声で言った。「この事件の犯人って、私たちの知ってる人じゃないかと思ったの」

「え……」

「だって」と聡子は辺りを見回しながら続ける。「最初に桂と、桂のお兄さんが殺された。次は桃子が狙われた。そして今度は、友里が——」

「偶然よ！」桃子は思わず大声で叫んでしまい、自分の口を押さえる。そして小さな声で「たまたまだってば」と聡子に言った。

「どうして私たちが、誰かに襲われなくちゃならないのよ。そんな理由なんて、何もないわ。一体、どこからそんなことを思いついたの？」

「さっき」と聡子は、いつもの冷静さを取り戻して言う。「友里の言葉で、ふと思ったの」

「友里の言葉って？」

「妊娠してから、持田さんの態度が変わったって」

「もっちーさん？」桃子は笑う。「確かに私もそれは気になったけど、でも、だからと

言って――」

「もしも、持田さんがその子供を望んでいなかったとしたら？　そして、友里を遠ざけたくなっていたとしたら？」

「それなら、別れれば良いだけじゃない。何も、殺す必要はないわ」

「私たちの知らない部分で、凄くこじれていたのかも知れない。当人同士じゃなければ、分からないことは一杯ある。そもそも友里から、あんな話を聞いたのも初めてだったし」

「それで、殺意を抱いたって言うの？」

「可能性としては」

「でも。百歩譲ってそうだったとして……今回、少なくとも桂は関係ないわ。桂は、私たちと違って、友里や持田さんと特に親しくつき合っていたわけじゃない」

「友里は分かるけど、でも、持田さんとはどうだったかなんて、私たちは知らないわ。もしかすると、何かしら接点があったのかも」

「そう……かな」

そうよ、と聡子は言った。

「だって私たち、持田さんのことは、友里を通してしか知らないんだから」

そう言われてしまうと――。

否定はできない。

今、聡子に言われて改めて考えると、確かに持田や見上のことは、友里を通じてしか知らない。持田は一流企業の部長で、友里とは結婚を前提とした交際をしている――らしい。それしか情報はない。そして見上は、持田を通じて知り合った、中小企業の社長で、全員で一、二回ほど、飲みに行ったことがある。それだけだった。

「聡子……」急に心細くなった桃子は、聡子の手を握って尋ねる。「じゃあ、私たちどうしたら良いの……」

「今は、どうしようもない」聡子は軽く嘆息すると、首を振った。「でも、気をつけていないと危険。特に、持田さんと見上さんには注意して。勝手にここには来ないと思うけど」

「だって、私がここに入院していることは知ってる……」

「何号室かまでは知らないはず。受付には、私の許可なしで桃子の部屋番号を彼らに教えないように言っておくから。あと、警察が来ても、余計なことは話さない方が良いわ。彼らは、まだあなたを疑っているようだから」

「それは、分かってる」桃子は頷いた。「聡子も、注意してね」

コクリと頷く聡子を見ながら、本当にもしも自分たちが狙われているとすれば……次は聡子かも知れないから、という言葉を、桃子は呑み込んだ。

*

小松崎は、一人で軽い夕食を摂ってビジネスホテルに戻ると、何はともあれシャワーを浴びて汗を流し、缶ビールのプルトップを空けて、ぐびりと一口飲んだ。一息で五百ミリ缶の半分ほどがなくなる。

この時期の京都は、とにかく暑かった。

東京も、もちろん暑いが、京都の暑さはまた一段階違う。暑さの濃度が違うのだ。それを改めて思い知らされた。

スポーツ刈りの頭をバスタオルで乱暴に拭きながら、ベッドの縁に腰を下ろす。缶ビールを小さなサイドテーブルに置くと、リモコンを手にしてテレビをつけ、ニュースチャンネルに番組を合わせた。しかし、スポーツの結果や、地元のローカルなニュースばかりが流れている。あの事件の進展はないらしかった。

小松崎は、テレビの音量を落として缶ビールを手に持つと、先ほど村田と中新井田との会話をメモした用紙を取り出して、目を落とす。

そこには、殴り書きの乱暴な文字が躍っていた。

しかし、いきなり幸運だった。

担当が、村田たちで本当に助かった。ひょっとしたら、わざわざ足を運んでも何の収穫も得られない可能性も考えていたが、思わぬ所で救われた。何しろ、あの二人が担当した数年前の貴船の事件解決には、祟が大きく関与したという実績がある。そしてこれは、本人たちがどう思っていようとも、間違いなく「事実」だ。

そんなことも話にさりげなく織り交ぜながら、色々と事件の情報を得ることができた。

小松崎は、メモ書きを一つ一つ確認する——。

まず昨日の十七日（木）、二十三時過ぎ。

月読神社境内で、望月桂（二十六歳）の遺体があるという通報が入った。

桂の死因は絞殺。その遺体に触れたと思われる、桂の友人の馬関桃子（二十五歳）は、その後、松尾大社裏道の石の階段から転落して意識不明に陥り、近くの救急病院に搬送された。

幸いなことに桃子は、頭を軽く打って脳震盪《のうしんとう》を起こしただけのようで、多少の擦り傷や打ち身などがあったものの、命に別状はなく、翌日には意識も戻り、何とか一人で歩けるようになって、知り合いの病院に転院した。

翌日の十八日（金）、早朝。

今度は松尾大社本殿裏手の磐座口で、小松崎の知り合い、望月観（二十八歳）の遺体が、神職によって発見された。

村田たちには、観とはさも親しい友人であったかのように説明したが、実際は仕事で二度ほど顔を合わせたことがあるだけだった。観は、真面目だが少しオタクがかった青年で、純粋に月や星が好きな男だという印象を受けた。ただ十三夜の月を撮るためだけに、北海道や沖縄まで出かけて行く。だから、各地で撮影した十三夜の月の写真を何十枚も持っている、そんな男性だった。

そんな観だったから、他人から恨みを買うようにも思えなかったが……。

〝いや〞小松崎は、ビールを飲んだ。〝仕事となると目の前のことしか見えなくなるタイプのようだったからな。本人の知らないところで怨嗟《えんさ》の対象になっていた可能性もないとはいえねえな〞

小松崎は一人で納得する。

そもそも、観が神戸の実家を出て京都にマンションを借りて暮らし始めたのも、やはり月や星が美しく撮れるという理由が大きかったようだ。そこに、もともと京都の高校に通っていた妹の桂が転がり込んで、兄妹二人暮らしをしていたらしい。

その兄妹が、揃って殺された。

ニュースでそれを知って、小松崎は何となく奇妙な臭いを感じたのだ。単なる直感だったが、きっと何かある。

それに——こちらは小松崎も全く関与しなかったが——つい先月も、京都・東山の辺りの古い神社で、バタバタと人が死んだ事件が起こった。それも、〝「七夕」に絡んでだってんだからな〟

小松崎は苦笑する。詳しい内容は分からなかったが、それこそ、崇の分野の事件だったのではないか。最初から気にはなっていたのだが、うまく仕事の都合がつかず、手を突っ込めなかった。

そこに、この事件が起こった。

そのため急遽、時間をやり繰りし、どうにかこうにか宿も確保して、こうして京都までやって来た——。

小松崎はビールを空けると、新しい缶ビールの口を開けた。そして今度はゆっくりと一口飲み、メモの続きを読む。

だが、やはり来てみて正解だった。到着した途端に、おそらく一連の事件と関係していると思われる殺人事件が起こったのだから。

殺害されたのは、昨日の事件で意識不明となった馬関桃子の友人でOLの、榎木友里（二十四歳）。現場は右京区の、松尾大社境外末社の衣手神社境内だった。

ホテルにチェックインした直後に、その情報を得た小松崎は、急いで荷物を部屋に放り込むと、現場へと直行した。しかし、タクシーで行き先を告げてもすぐには場所が分からず、手間取りながら色々と調べた結果、何とかたどり着けた。

タクシーを降りると小松崎は、神社の前で警備兵のように立っている警官に話しかけた。最初はもちろん、けんもほろろだったが、

「担当は、村田さんですかね」

当てずっぽう、というより唯一知っている京都府警刑事の名前を出すと、警官はじろりと小松崎を睨んだ。そこで、

「あと……四、五人分の名字の……」

さらに畳みかける。すると警官は少し顔色を変えて、

「中新井田巡査部長——？」と答えて小松崎を見た。「お二人と、知り合いなのか」

ええ、と小松崎は嘯《うそぶ》く。

「貴船の事件でご一緒しましてね。聞いたことありませんか、あの面倒臭かった事件。俺も少しだけ、お手伝いさせてもらったんですよ。いやあ、あの事件が無事に解決した時には、ホッとして思わず握手を交わしました。村田さんと」

「警部と？」

「はい、村田雄吉警部と」

などと適当に話を作って警官に取り入ろうとした時、当《とう》の村田と中新井田が姿を現した。小松崎自身も驚いてしまったが、それを顔には出さず挨拶した。その後、望月観の話を持ち出して、今回の事件の概要などを車の中で聞きながら、このホテル近くまで送

ってもらったのだが――。

途中で、

「今回は、やけに『月』が絡んでいませんかね」と言った小松崎の言葉に、中新井田がつい反応してしまい、

「手鞠唄かね」

などと口走った。それを聞き逃さなかった小松崎がしつこく追及すると、村田が嫌々ながらも教えてくれた。それが――、

〝この唄かい〟

小松崎は、違う用紙を広げた。

〝月夜見……だとよ。まあ、確かにそう言われれば〟

なぞっていないこともないが。

まず、月読神社の月延石の前で、望月桂が殺害された。しかもその遺体からは「つげの櫛」が見つかっている。続いて観が殺害されて、酒造りの神様・松尾大社の鳥居に吊された。そして今度は、衣手神社で殺人事件。遺体の上には「着物」が掛けられていたというではないか――。

となると犯人は、偏執狂か？　それとも何か、他の意味が？

小松崎が「ふん」と鼻を鳴らしてビールを飲んだ時、テレビのアナウンサーが、

「ここで、臨時ニュースを申し上げます」と伝えた。「ただ今入ってきた情報によりますと、また京都市内で新たな殺人事件が発生したもようです」

小松崎は、ビクリと顔を上げるとすぐにリモコンを取って、テレビの音量を上げる。アナウンサーは、先ほどまでのリラックスしていた顔つきとは打って変わって、硬い表情で続けた。

「本日、京都市西京区嵐山の渡月橋《とげつきょう》近くにあります、松尾大社境外摂社の櫟谷宗像《いちたにむなかた》神社におきまして、またしても殺人事件が発生しました。被害者は中年の男性で、参拝にやって来た観光客が発見し、京都府警に通報したもようです。それを受けて、ただ今京都府警は——」

小松崎は、弾かれたように立ち上がる。そして缶ビールを一息に飲み干すと洗面所に向かい、顔を洗って口を漱《すす》いだ。

〝こいつは、本気でヤバイな〟

そう呟きながら急いで着替えると、そのまま部屋を飛び出した。

ホテルの前で、タクシーを拾う。

しかし運転手は、この櫟谷宗像神社の場所を良く知らないと言った。そこで再び手間取りながら、車内で調べる。すると、

「渡月橋の近く……」運転手は地図をめくる。「あの辺りに、そんな名前の神社なんて、ありましたかなあ」

「松尾大社の摂社だって言っていましたけどね」

「大社さんの場所なら、もちろん分かりますけど……。ああ、もしかしてこれかな」運転手は地図を覗き込んだ。「嵐山モンキーパークの隣の。ありました、ありました。最初から、モンキーパークとおっしゃってくれれば分かりましたのに」

「……どこだか分からないけど、その近辺までお願いします」

「はいはい」と答えると、運転手は車を出す。「でも、桂川沿いの細い道は、おそらく車が入れないと思いますよ」

「行かれるところまで行ってください」

「了解しました」

小松崎は、ふうっと嘆息すると大きく座席に寄りかかる。そして、先ほどのテレビのアナウンサーが最後に口にした言葉を、頭の中で反芻《はんすう》した。

「なお、被害者の遺体の上には、なぜか大量の杉の小枝がばらまかれていたそうです——」

〝本気で「月夜見」かよ〟

二番の歌詞だ。玉になっていないにしても「杉」には違いない。

〝これもまた、タタルの分野の事件じゃねえのか〟

小松崎は心の中で唸ると、軽く目を閉じた。

小松崎を乗せたタクシーは、渡月橋南詰で停まった。

やはり、現場の櫟谷宗像神社へ続く川沿いの細い道は、通行止めになっているようだった。

「何か事件があったんですか」運転手は、改めて驚く。「あんなにパトカーが停まっていて。テレビ局の車も来てるし、報道関係者も大勢いるみたいですよ」

「そのようですね」

小松崎は言って、タクシーを降りた。

右手に桂川と渡月橋が見える。ちなみに、この渡月橋という名称は、亀山《かめやま》上皇が、月がまるでこの橋の上を移動して行くようだと口にしたところから名づけられたらしい。

ということは、

〝やっぱり「月」ってことか〟

小松崎は苦笑すると、櫟谷宗像神社に続く道を小走りに移動する。

例によって、途中で警官に職務質問を受けたが、村田警部と中新井田巡査部長に話を通してある。さっきの現場でもお会いした。などと嘘と事実をない交ぜにしながら早口で答えて、警官の制止を振り切った。

左手前方に見える緑に覆われた小山が、現場の神社らしい。石段下の由緒書きを横目で見ながら、小松崎は一気に十五段ほどの石段を駆け上がる。途中の踊り場まで来ると、背の高い朱色の灯籠の列の間を走り、さらに道を折れて、またしても石段を一段飛ばしで登って境内に入った。

大勢の鑑識たちが立ち働いている狭い境内の正面に、朱色の木製の瑞垣《みずがき》にぐるりと囲まれて、二間社流造《にけんしゃながれづくり》の本殿が見えた。そして、境内左手を進むと「嵐山モンキーパーク」だそうで、変わった造りだ。

小松崎は、境内に視線を走らせる。

「ああ、村田警部！」今、まさに引き上げようとしていた村田たちの背中に向かって、小松崎は叫んだ。「いやあ、またしても大変なことに」

「き、きみはっ」中新井田は、怒りも顕わに怒鳴る。「どうしてこの場所に！」

「何が起こっているんですかねえ」小松崎は、その言葉が聞こえなかったかのように問いかけた。「先月の事件といい、今回の事件といい、どうしちゃったんでしょうねえ、一体京都は」

「誰の許可を得てここまで入って来た」村田が、苦々しい顔で尋ねた。「ちなみに私は、許可を出した覚えはないが」

「いえいえ」小松崎は頭を掻いて笑った。「もちろん、すぐに帰ります。帰りますけど、その前にちょっとだけお話を」

「ダメだ」

村田が冷たく言い放った時、一人の鑑識が何かを大量に抱えて境内から出て行った。

「あれは」小松崎は目敏《めざと》く見つけて尋ねる。「何ですか?」

しかし村田たちは口を開かない。そこで、

「杉の枝……ですね。しかも、あんなに大量に」と言って、わざと辺りを見回した。「しかし、この辺りに杉は余り自生していませんよね。欅《けやき》はあるけど……ああ。ということは、例の唄ですか、もしかして!」

「うるさい」村田が小松崎を制した。「とっとと帰りなさい。いくらきみが岩築警部の甥っ子だからといって、そして以前の貴船の事件解決に手を貸してくれたからといっても、今回はここまでだ」

では、と小松崎は腰を低くする。

「せめて、被害者の状況だけでも」

「……刺殺だ」村田は、一気にまくし立てた。「もう時間の問題でニュースに流れるだろうから、名前も教えておく。被害者は、持田治男、四十五歳。某一流企業の部長だ。遺体は、近くに泊まっていた観光客が、夜ここに参拝に来て発見した。最近は、夜に神社参拝をする人間が多いようだが、その理由までは知らない」

「なるほど。すると、その男性は――」

「これ以上は、ノーコメントだ」村田は、じろりと小松崎を見た。「余りしつこいと、我々としても不本意ながら――」

「帰りますっ」小松崎は二人に向かって、頭を下げた。「また改めて、出直します！」

「もう来なくていい」中新井田も言い捨てた。「捜査の邪魔になるからな」

「了解しましたっ」

小松崎は、大きなくしゃみが飛び出しそうなほどの嘘を言って、現場を後にした。


渡月橋を渡った所でタクシーを拾い、ホテルに戻る。

部屋に入ってくつろぎ、ビールでも飲もうかと思ったが止めて、バッグの中から、持参したバーボンのハーフボトルを取り出した。カチリ、と栓を捻って、そのまま一口飲む。心地良い香りが鼻に抜け、同時に胃袋が、じんと熱くなった。

小松崎は、ふうっと大きく息を吐くと、もう一口飲み、そして再び「月夜見」の歌詞の書かれたメモ用紙を取り出した。

〝やっぱりこいつは――〟

間違いなく、崇の分野の事件だ。

今まで何度もこういった、へんてこりんな事件に関わり、そしてどうにかこうにか解決に導いている。しかも今回は、全くの偶然とはいえ、以前に多大な貢献をしている村田たちが担当している——。

連絡を取ってみるか。

だが、崇は携帯電話を持っていないどころか、部屋に電話をかけても滅多に出ない。だから、用事がある時は、わざわざ崇の仕事場の漢方薬局まで出かけなくてはならないほどだった。

その上、今このお盆前後の時期だと、どこかに出かけている可能性も高い。得意の、神社仏閣お墓巡り——。

どうするか？

しかし、諦めるわけにもいかない。となればここは、

〝奈々ちゃんに、連絡してみるか〟

奈々の番号ならば、小松崎の携帯に登録されている。

そうしよう、と小松崎は一人頷いて時計を見る。

だが、もう夜も遅い。明日の朝、適当な時間で電話を入れてみよう。

そう決めて小松崎は、バーボンをぐびりと飲んだ。

＊

猿猴捉月《えんこうそくげつ》――猿猴が月を捉《と》る、という言葉がある。

昔の中国で、猿が井戸水に映った月を取ろうとして、そのまま井戸の中に転落して溺死したという話だ。つまり、身分不相応な大望を抱くと身の破滅を招くという、ごくありきたりの意味である。

この比喩は確かにその通りで良いのかも知れない。

しかし、私は思う。

この言葉には、もっと深い意味がある。

そもそも、猿が月を欲すること自体が間違いということだ。取れるか取れないかの次元ではない。その思考自体が不遜だ。猿如きが、月を欲するなど。

そしてもちろん――、
ここで言う「猿」には、我々「人間」も含まれている。

地上で汲々と暮らしている我々が、どうして天空に輝く月に触れようなどと思うのか。

そんなことができるのか。

ロケットを飛ばして月の土を踏んだことなど、夢幻《ゆめまぼろし》の中での出来事だったのではないのか。
第一、月は本当にそこに存在しているのか。
確かに存在しているが、
同時に存在していない。
なぜなら、月の世界は夜の国。
そして――。
月読命の統《す》べる世界。
我々人間にとって「生」を棄てて初めて行くことのできる国。
だから月は、夜空に光を放っているのではない。
辺りにある光を吸い込んで、輝いているように見えるのだ。
科学的な逆説としての、燦《きら》めく大きなブラックホール。
美しく、甘い憧憬にも似た世界。
粛然たる静寂《しじま》と、清閑なる暗闇。
あらゆる物から隔絶された冥闇《めいあん》。
ゆえに、その世界に手を伸ばそうなどとする猿は、
――人間は、
溺死しても、いや殺されても仕方ないではないか。

ましてや、興味本位で近づいてはならないはずだ。
というのも、その行動は、取りも直さず自ら「死」をつかもうというのだから。
「死」を欲しているのだから。
しかし。
たとえそれらを踏まえていたとしても、
無神経に我々の汚れた手を伸ばすような非礼は許されない。
天空の絹織物を、たおやかなる羽衣を、
土足で踏みつけてはならない。
それが、人間としての礼儀だ。
私はそう思う。
何か間違っているだろうか。
いや、何一つ瑕疵《かし》はないはず。
薄雲の中に静かに輝く白い月に照らされて、私は微笑みながら夜道を歩いた。

＊

新幹線は、定刻通り京都駅に到着した。

奈々が何気なく時計を見上げれば、午前八時を回ったばかり。平日ならば、まだ家を出ていない時刻だ。何という素晴らしい旅程だろうと思いながら、バッグを下げて崇の隣を歩く。それでも京都駅は、すでに大勢の観光客で混雑していた。平日は平日で、きっと通勤客で混み合っているに違いない。そんな人混みを縫うように、京都駅のコンコースを二人並んで歩く。

崇は、駅前の公衆電話からホテルに連絡を入れた。これからホテルに寄って荷物を預かってもらい、すぐそのまま出発するらしい。ホテルは駅から徒歩六、七分ということなので、タクシーを使わずに歩いて行くことにした。

駅の階段を降りて街に出ると、まだこんなに朝早い上に薄曇りの天気だというのにもかかわらず、今日も暑くなりそうな雰囲気で充ち満ちていた。

「まず、松尾大社に行こう」崇は歩きながら言った。「とにかく、大山咋神と、素戔嗚尊と天照大神の娘神である市杵嶋姫命にご挨拶しなくてはね。京都に来て、ここを素通りしてはバチが当たる」

嬉しそうに笑う崇に、

「嵐山方面ですね」奈々もニコニコと答える。「近辺にも、色々な神社がありますよね」

「そうだ。できれば、太秦《うずまさ》方面にも足を伸ばしたいな。久しぶりに『蚕《かいこ》の社《やしろ》』――木《この》嶋《しま》坐《にます》天照《あまてる》御魂《みたま》神社にも立ち寄ってみたい」

「蚕の社……ですか？」

ああ、と崇は答える。

「主祭神は、天御中主《あめのみなかぬし》命、大国魂《おおくにたま》神、穂々出見《ほほでみ》命、鵜茅葺不合《うがやふきあえず》命だが、最も重要なのは本殿東側に祀られている蚕養《こかい》神社で、ここから『蚕の社』という名前がついているんだ。もちろん『機織《はたお》り』である以上、当然、秦氏と深い関わりを持っている」

そこは、奈々も知っている。養蚕・機織りは、秦氏がわが国にもたらしたのだと。

「一般的には」と崇は続ける。「なぜこの神社が『天照御魂』も同時に祀っているのかということは謎になっている。しかし、秦氏が機織りの神である『天照大神』を祀ることは、何の不思議もないし、それがいわゆる『天照《あまてる》』に置きかえられてしまったと考えれば、納得がいく。しかもこの神社の神徳は、『日本三代実録』や『梁塵秘抄《りょうじんひしょう》』によれば『祈雨《きう》』なんだからね。祈雨神ということは、貴船の神である玉依姫――天照大神の荒魂と同じ神徳を持つ神だ」

確かにそうだ。

というより、天照大神を一緒に祀っていることが謎、という意見の方が分からないくらいだ。古代日本を代表する、機織りの神なのだから。但し、ここで重要なのは「天照」と「天照大神」は、別の神であるということだ。これは、伊勢神宮まで行った時に、崇から説明された。

「天照」は男性神で、天空に輝く太陽神。

「天照大神」は女性神で、天照の巫女神。

そして天照は物部氏系の神で、天照大神は秦氏系の神。

ならば、この蚕の社は、太秦の地にある秦氏関連の神社であるから、当然「天照大神」の方だろう――。

などと、いつの間にかマニアックな世界に入り込んでしまった奈々が頭の中で考えていると、

「ちなみに」と崇が言った。「この神社の奥には、元糺《もとただす》の森と呼ばれている森がある。現在、糺の森といえば下鴨神社の森を指すが、その名前の通りこちらの神社の糺の森がその嚆矢で、嵯峨《さが》天皇の御代《みよ》に、こちらから下鴨神社へと遷したのだといわれている。そして、この元糺の森の中には糺の池がある。今は、水が枯渇してしまっているんだが、そこには、かの有名な三柱《みはしら》鳥居が建っている」

「三柱鳥居……ですか」奈々は崇を見る。「あの、三本の鳥居が組み合わさって、上か

ら見ると正三角形を作っている」

そうだ、と崇は答える。

「東京では、墨田区《すみだ》向島《むこうじま》の三囲《みめぐり》神社、あとは奈良の大神《おおみわ》教本庁にもある。そういえば……三囲神社祭神は、宇迦之御魂《うかのみたま》大神だから、やはり秦氏系の神だな。そして大神神社の主祭神は大物主神で、大山咋神と繋がる」

崇は一人で、何度も頷いた。そして、更に続ける。

「ただ、この三柱鳥居に関しては諸説あってね。結界を張っているのだとか、キリスト教の三位一体を象徴しているのだとか、三方向に鎮座している神を拝礼するのだとか、果てはダビデの星を表しているのだとかという説まである」

「ダビデの星ですか！」奈々は驚く。「でも、三柱鳥居は正三角形で、ダビデの星のようなヘキサグラムではありませんよ」

「正三角形を二つ重ね合わせるとヘキサグラム——六芒星《ろくぼうせい》になるそうだ」

「そう……なんですね」

さまざまなことを考える人たちがいるものだ。奈々は呆れると同時に、一種の感動を覚えてしまった。

そんな話をしているうちに、二人はホテルに到着する。それほど大きくはないが、その分、隅々にまで神経が行き届いているのだろう。とても清潔そうで綺麗なホテルだった。奈々たちがフロントで荷物を預けると「お時間があれば、チェックインできますが」と言われた。そこで崇が代表で（！）必要事項をチェックイン表に書き込む。

そんな後ろ姿を見て、また改めてドキドキしてしまった奈々は、ロビーのソファに腰を下ろして、さりげなくチラチラとその様子を見ていた。

やがて手続きも終わり、荷物も預けてすっかり身軽になった崇は、大きく伸びをした。

「さて、嵐山から太秦をまわろうか」本心から嬉しそうに言う。「できれば、大酒《おおさけ》神社から広隆寺《こうりゅう》、そして蛇塚《へびづか》古墳まで行きたいな」

「古墳、ですか？」

目を瞬かせながら尋ねる奈々に、

「ああ」と崇は言う。「奈良の明日香村の石舞台は有名だが、それを凌《しの》ぐ規模の石室が、太秦にもあるんだ。これは、聖徳太子に命じられて広隆寺を建立した秦河勝《かわかつ》の墳墓ではないかという説が有力だそうだが」

と言ってから崇は、ふと表情を変えた。

「今回は、意図せずして段々と秦氏を追いかけている形になっている気がするな」と言ってから、再び微笑む。「まあ、そうなったらそれはそれで良い。あと、今日ここに二人で泊まったら――」

奈々は、一瞬ドキリとしたが、崇はホテルの出口に向かって歩き出した。

「明日の朝は、一番で湖西線《こせい》に乗って竹生島に向かおう。あの島は現在、宝厳寺《ほうごんじ》——弁才天一色になってしまっているが、あそこもやはり、市杵嶋姫命が本来の祭神だからね。つまり宇賀神、宇迦之御魂大神だ。そういえば……」

崇は、ふと遠くを見た。

「松尾大社の近くにも、宗像神として市杵嶋姫命を祀っている神社があったな。こちらも、時間があれば参拝しよう。そして」と今度は奈々を見る。「予定の続きだが、竹生島に行った帰りに、そのまま湖西線に乗って比叡山坂本まで戻り、日吉大社に行こう。大山咋神に重ねてご挨拶だ。よし」

崇は尋ねてきた。

「大まかな旅程はこんなところだが、奈々くん、何か希望は？」

希望も何も、ここまできっちりと予定が組まれているのだから、口を挟む余地はない。というより最初から奈々は、崇について歩くことに決めていたし、特にここは行きたいという寺社もなかったので、素直に賛成した。それにきっと、崇の行きたい場所に一緒に行った方が、奈々にとってても楽しい気がする。

ということで、身も心も軽くなって出発しようとした時、奈々の携帯から「ロンドンデリーの歌」が流れた。こんな時に誰からの着信だろうと思ってディスプレイを見ると、

「あっ」あわてて崇を呼び止める。「小松崎さんから、電話みたいです」

その言葉に、無言のまま立ち止まる崇に、

「出ても良いですか？」

と許可を取って、奈々は通話ボタンを押すと、携帯を耳に当てた。すると、

「おお！　奈々ちゃん、久しぶりだな」

小松崎の大きな声が聞こえてきた。その後、元気でやっていたかなどという簡単な挨拶を交わす。そして、

「どうしたんですか、こんなに朝早く？」

と尋ねると、小松崎は急に真剣な声になり、

「実は、タタルと連絡を取りたいんだがな」

「え……」

「何とか繋いでもらえないか。大急ぎなんだ」

「あ……あの……」

奈々は携帯を耳から離すと、崇に向かって、

「小松崎さんが、タタルさんと連絡を取りたいそうです」小声で告げた。「大急ぎで」

崇は一秒ほどためらったが、奈々から携帯を受け取る。

「もしもし。何だ」

「おいおい！」小松崎は大声で笑った。「一緒にいたのか。ちょうど良かった」

「全くちょうど良くはないが、用件は？」

「いや実は、ちょっとへんてこりんな事件が起こってな。おまえの知恵を拝借したい」

「今は無理だ」

「そう言わず！」

「物理的に無理だ。東京にいない」

「なに？」

「奈々くんと一緒に、さっき京都に着いたばかりだ」

あっ……。

そんなことを、正直に喋ってしまって良いのだろうか？

焦る奈々の隣で、崇は淡々と続けた。

「これから二人で、京都を回るんだ。予定がびっしりなんでな。また次回にでも」

「ちょ、ちょっと待て！」小松崎は叫ぶ。「京都だとお」

「そうだ」

「あのな、その京都で事件が起こってるんだよ。昨日から、俺も来てる！」

「何だ……」崇は顔をしかめた。「おまえは、傷心旅行で海外に行くと言っていたじゃないか。いつ、予定を変更したんだ」

「少し、先延ばししただけだ。それに、何度も言うが、傷心旅行じゃねえよ」

「まあ、どちらにしても忙しいから」崇は冷たく言い放った。「じゃあ、また今度――」

「わ、分かった。分かったから、事件の話だけ聞いてくれ。四人も殺されてるんだ」

「興味がない」

「一、二分で良いから！」

「……ちょっと待て」

崇は今までの会話を奈々に伝えた。そして、電話を切ろうかと尋ねると奈々は、

「折角だから、お話だけでも……」

と答える。そこで崇は、

「じゃあ、タクシーで移動しよう」苦々しく言った。「時間がもったいないから、移動しながら車中で聞こう」

小松崎にもそう伝えると、二人はタクシーを拾い、揃って乗り込む。崇は、

「松尾大社までお願いします」

と運転手に言うと、再び携帯を耳に当てた。すると、

「おい、タタル！」奈々の耳にまで聞こえるほど大きな小松崎の声が聞こえてきた。「今、何て言った。どこへ行くって？」

「松尾大社だ」崇は相変わらず冷静に答える。「これから参拝する」

あのな、と小松崎は言った。

「事件は、その松尾大社で起こったんだよ！　あと、月読神社とな」

「何だと……」

　一瞬絶句した崇に、小松崎は畳みかける。

「それと、衣手神社だ。あとは……ええと、いちたに神社って言ったかな」

「櫟谷宗像神社か！」

「おお、そうだ」小松崎は答える。「松尾大社以外、俺は聞いたことがない場所ばかりだが、タタルは知ってるか？」

「もちろんだ」崇は唸った。「全て松尾大社絡みじゃないか。どういうことだ」

「だから！　俺はそれを聞きたいんだよ」

「月読神社は」崇は言った。「名神大社で、松尾三社の一つだ。祭神はもちろん月読命で、今から向かう松尾大社神像館に飾られている壮年相の男神がその神だともいわれている。元は山城国に創建された神社だが、秦氏の手によって現在の地に遷されたという——。そして、松尾三社のもう一社、櫟谷神社は、もともとは嵐山弁天社と呼ばれていた社で、平安時代には今の造幣《ぞうへい》局に当たる鋳銭所で新しい鋳銭が造られると、必ずこの社に奉納されたという。つまり、金や鉄を司っていた社だった。そして、この神社と並んで鎮座しているのが、今度は松尾七社の一つである宗像社で、一般的には合わせて櫟谷宗像神社と呼ばれてる。ちなみにこの神社の祭神は、奥津島《おきつしま》姫命と市杵嶋姫だが、俺はこの二神は同じ女神だと考えている。もっと言ってしまえば、宗像三女神は、市杵嶋姫一神に集約されるのではないかと思ってる」

　崇は一息に喋ると、軽く目を閉じた。しかし、すぐ再び口を開く。

「そして、やはり松尾七社の一社である衣手神社の祭神は、玉依《たまより》姫命と、羽山戸《はやまと》神。玉依姫命は、先ほど奈々くんにも言ったが、大怨霊神の瀬織津姫と同体で、『賀茂の厳神』である賀茂別雷命の母神だ。一方、羽山戸神は、素戔嗚尊の御子神である大歳《おおとし》神の御子神。つまり、素戔嗚尊の孫神となる、天皇家が非常に恐れていた事代主《ことしろぬし》神の、甥に当たるのではないかともいわれている神だ。こちらも、間違いなく怨霊神だな。その証拠に衣手神社の境内社には、天照大神、八王子神、諏訪《すわ》の大怨霊神・建御名方《たけみなかた》神、日吉神などなど、怨霊神が勢揃いして祀られている」

　そこまで言うと、啞然としながらバックミラーでチラチラと覗く運転手の視線を全く気にすることもなく「ふん……」と大きく嘆息した。

「しかし、まあ」小松崎も呆れた声を上げた。「地元のタクシー運転手も、その場所すら分からなかったってのに、相変わらず良く知ってやがるな」

「だが」と崇は尋ねる。「本当に、今の四社で殺人事件が？」

「ここでタタルに嘘を吐く理由はねえよ」

「何故、犯人はそんなバカなことを……。まさに、神をも恐れぬ振る舞いだな」

「俺も同感だね。だから、担当の刑事たちも酷く苛ついていた。ほれ、昔に貴船の事件で顔見知りになった、一見惚《とぼ》けた落語家みたいな顔の村田警部と、くそ真面目そうな中新井田巡査部長だ」

「俺たちの母校の、木村助教授の事件か」

その言葉に、

「えっ」と奈々も聞き耳を立てた。「斎藤貴子《さいとうたかこ》ちゃんの事件ですか？」

ふと、不吉な予感が胸中を走った奈々に、

「その時の刑事たちが、担当しているらしい」崇は言った。「この連続殺人事件も」

「貴船の事件は」と小松崎は言う。「もう、七年も前だったがな」

「七年三ヵ月前だ」と言い直して、崇は続けた。「しかし、それならば俺などの出る幕もないだろう。あの人たちに任せておけばいい」

「ところがな、今回はというか今回も、もう一つ面倒な話があってな」

「何だ、それは？」

「地元の人間しか知らねえ手鞠唄ってのがあるらしいんだが、その歌詞をなぞったように、みんな殺されてる」

「バカな」崇は笑う。「今時、そんな時代錯誤な」

「だが、実際にそうなんだから仕方ねえだろう」

と言って小松崎は、事件をごく手短に伝えた。そして、

「ということで」と、勝手に話をまとめに入る。「今から、会おう。松尾大社に行けばいいんだな」

「そうだな……」崇は時計を見た。「まず、神像館を見学するから、三時間後に待ち合わせよう」

「そんなに待てねえよ！」小松崎は怒鳴った。「大きく譲って、一時間後だ」

「早すぎる」

「その後で、タタルの行こうとしている月読神社や、それに櫟谷宗像神社と衣手神社も、一緒にまわってやる。その手鞠唄の歌詞を読みながらな」

「どちらにしても、その辺りの神社は行くつもりだが、事件に関しては当てにするな」

「分かった。交渉成立だ。奈々ちゃんに代わってくれ」

そう言われて崇は、携帯を奈々に返す。それを受け取った奈々が耳に当てると、

「悪いな」小松崎が謝った。「折角の所を」

「い、いえいえ」奈々は答える。「小松崎さんにも、お会いできるのが楽しみです」

「じゃあ、一時間後、松尾大社で」

そう言うと、小松崎からの長い電話が切れた。といっても、話を長引かせていたのは崇だったが――。

その当の崇は、シートにドカリと体を預けると、

「月読命か……」

と呟いて腕を組んだ。そして、

「実は、奈々くん」奈々を横目で見る。「この神に関しては、俺もまだ詳しくは知らないんだ」

「えっ」奈々は驚く。「タタルさんが？　でも、その神は伊弉諾尊が禊ぎをした際に生まれた、天照大神と素戔嗚尊の兄弟、あるいは姉妹神——」

「一般的には、そう言われているがね。実は、その本当の正体は不明なんだ」

そう言うと崇は目を閉じた。

奈々も口を閉ざして、崇から視線を外すと窓の外を眺めた。辺りは段々と緑が多くなってきている。もう、嵐山に近づいているのだろう。

タクシーが松尾大社に到着すると、奈々たちは大きな朱塗りの鳥居の前で車を降りた。

「松尾大神」とある立派な額が掲げられている鳥居の貫には、注連縄や紙垂と共に、ずらりと何かの木の枝が吊されていた。それをじっと見上げていた奈々に気づいた崇が、

「あれは、榊《さかき》の束だよ」と教えてくれた。「鳥居の原始形式ともいわれている『脇勧《わきかん》請《じょう》』だ。今でも色々な神社で、鳥居の左右の柱に、小さな榊の小枝を挿している所が

多いだろう。それの大々的なものだな。この松尾大社では、平年は十二本、閏年《うるうどし》には十三本もの榊が吊される」

そういうことらしい。

奈々たちは足早に、石畳の道を進む。石段を登って楼門を潜り、入母屋造の拝殿を過ぎて本殿へと向かったが、やはり事件のせいなのだろう、境内には数人の警官や鑑識らしき人たちの姿がチラホチラと見える。

二人は揃って、桁行三間檜皮葺の、年季の入った立派な本殿にお参りする。二礼二拍手――崇は四拍手して、最後に深々と一礼すると、言った。

「この本殿は、両流造《りょうながれづくり》といって、非常に珍しい形なんだ。伏見稲荷《ふしみいなり》大社のように、屋根の前方が後方より特に長く伸びている流造は、全国にも良く見られるが、この大社の本殿は後方にも長く伸びている」

「それで、両流造」

「そういうことだ。『松尾造』とも呼ばれている。ちなみに、こういった形式を取っている神社は、広島の嚴島神社と、福岡の宗像大社だけだ。そして、その三つの神社の主祭神に、市杵嶋姫命がいらっしゃるということは、きっと偶然ではないだろうな。また、見ての通り、この神社の神紋は二葉葵――『立ち葵』なんだが、これは上賀茂神社と下鴨神社の『花付き二葉葵』と同じ種類の葵紋だ。というのも当然で、ここの松尾大社も賀茂社も、両方共に秦氏が大きく関与しているからだ」

「でも……賀茂社は、賀茂氏の社では？」

「秦氏の神である天照大神＝瀬織津姫＝玉依姫は、賀茂建角身《たけつぬみ》命の娘であるとされているからね。そして、この女神と大山咋命、あるいは大物主神との間に、下鴨神社祭神の賀茂別雷命が生まれている」

なるほど。

血の濃い親戚関係にあったということか。色々な繋がりがあるものだと奈々が感心していると、崇はスタスタと境内を横切り、右手に見える社務所へと向かった。そして、受付で話をする。するとやはり、磐座登拝はできないとのことだった。道がきちんと整備されるまでには、あと数年かかるらしい。それに今は、事件が起こってしまった関係で、近辺は神職でも立ち入り禁止になっているのだという。

崇は残念がっていたが、それならばとにかく神像館へと言った。

二人分の受付を済ませると、奈々たちは社務所裏の庭園から曲水の庭を通り、大きな岩がゴロゴロと無造作に転がっている庭を眺めつつ、庭園の上に架かる渡り廊下を通って、神像館へと向かった。中に入ると、それほど広くないワンフロアの正面のガラスケースに飾られている横並びの、ほぼ等身大の三体の坐像にいきなり迎えられて、奈々は驚く。それらは、三体共に日本最古ともいわれる一木造だそうで、像高約八十から九十センチという実に立派な物だった。中央には、髻《もとどり》を包む被《かぶ》り物をして、良く見る昔の天皇の絵図のように、ゆったりとした着物の左右の袖をお腹の前に合わせて、笏を手にしている男神像。しかもその顔は殆ど真四角で、顎髭を胸まで垂らして、厳しい表情で眉根を寄せ、こちらをじっと睨んでいた。

奈々は、ぞくりとする。

そして視線を移せば、その左隣にはふくよかな女神像。丸顔で、頭頂で束ねた髪を胸まで左右に垂らし、大袖の衣の上には領布《ひれ》のような物を羽織っている。中央の男神像と比べれば、遥かに優しそうに見えるが、しかし決してにこやかに微笑んでいるわけではなかった。ただ、静かにこちらを見つめている。

そして、向かって左側に座している壮年男神像。

月読命といわれている木像だ。

やはりこちらの像も、被り物——撲頭冠《ぼくとうかん》と呼ばれているらしい物を被り、穏やかな顔で座していた。髭もそれほど長く伸ばしてはおらず、やはり、ひっそりと座している。怒りも顕わな中央の男神像とは、大違いだった。しかし、崇が言ったように、こちらの像も、手にしていた笏が落ちると「御笏落事」として、朝廷は大騒ぎになったというのだ。それほどに、恐ろしい神々の像なのか……。

その後、奈々たちは神像の後方のケースに並べられている、壊れかけた小さな男神像や女神像や僧形像を眺めて、神像館を後にした。

途中で、ここに参拝した酒造家がこぞって汲んで帰るという名水が湧き出ている霊泉・亀の井と、水を司る神・罔象女神《みずはのめ》を祀る滝御前にご挨拶して、奈々たちは境内に戻った。そして、境内摂社・末社などを参拝していると、

「よお！」

と大きな声が聞こえて、熊のように大きな体格をしたスポーツ刈りの男性が、奈々たちを目指して走って来た。見間違えようがない。小松崎良平だ。崇はその体格から彼のことを「熊つ崎」と呼んでいたし、奈々の妹の沙織などは「熊崎さん」と言っていた。

その小松崎は、奈々たちに走り寄って来ると、

「いやあ、久しぶりだな」と顔をほころばせた。「奈々ちゃんも、元気そうで何よりだ」

「久しぶりといっても」崇が冷静に言う。「たった五ヵ月ぶりじゃないか。伊勢以来だ」

「そうだったな」小松崎は破顔する。「いや、しかしあの時は実に大変だった。さてそれで――」

辺りを見回しながら続けた。

「どこかで、少し話をしたいんだがな。ああ、そうだ。神社の入口辺りに茶店があったから、そこでちょっと、お茶でもしながらというのはどうだ。だんごもあるようだし、ビールの看板も出てた」

朝っぱらからビールか、と奈々は呆れたが……いや、しかしこの二人に限っては、非常にあり得る行動だと思い、奈々も同意した。

しかし、まださすがに時間も早く、茶店は開店していなかったので、奈々たちは「お酒の資料館」前の、無料休憩所に入った。

「折角こうして会ったというのに」小松崎は、汗を拭いながら言った。「素面《しらふ》というのもなんだが、ここで話をしよう。ジュースの自動販売機もあるようだしな」

「水ならば持ってる」崇は言った。「さっき、亀の井の水を汲んできた。熊つ崎も、体内の水分を少し清らかにした方が良いから、飲むか」

「大きなお世話だ」小松崎は、ペットボトルのお茶を飲む。そして「それで本題だが——」と言って、今回京都で起こっている、連続殺人事件の話を二人に伝えた。一昨日、月読神社とここ松尾大社で、それぞれ兄妹が殺されるという事件が起こり、昨日は、衣手社と櫟谷宗像神社でも、やはり殺人事件が発生して——。

「そこでだ」小松崎は崇を見た。「さっき途中になっちまった、怪しげな手鞠唄ってのがこれだ。ちょっと目を通してみてくれ」

崇と奈々は、小松崎の差し出したメモ用紙に書かれた歌詞に目を落とす。「月夜見」という手鞠唄らしかった。

機織りは辛い
辛いは子守り
…………
櫛笥《くしげ》一つで参ります
売られ売られて明日から
淋しい衣を織りまする
月を眺めて泣きまする

酒造りは辛い
辛いは遊女
…………
杉玉吊しに参ります
売られ売られて明日から
悲しい酒を醸《かも》します
月を眺めて恨みます

何となく不穏な内容だった。しかも、この歌詞をなぞるような連続殺人事件が起こっ

ているという。奈々のすぐ隣で崇も、

「なるほど、不気味だ」

と珍しく素直に認めたと思ったら、

「とても不自然だ」とつけ加えた。「わざわざ、この唄に合わせているようだ」

「当たり前だろう」小松崎は言う。「偶然同じになるわけはねえんだから、敢えて合わせたんだろうよ」

「いや……そういう意味ではないんだが……まあ、いい。それで俺たちは、何をどうすれば良いんだ」

「これから、月読神社と衣手神社と櫟谷宗像神社を一緒にまわってもらう。その途中で俺が、今回の事件に関しての詳細を伝えるから、気づいたことがあったら言ってくれ」

「その三社をまわることに関しては全く吝《やぶさ》かではないが、何か気づくことがあるかどうかは保証できない」

「構わねえよ」小松崎は立ち上がった。「さて早速、月読神社からだ。そこで、遺体が倒れていたという月延石の前まで行く」

「月延石か……」崇も、ゆっくり立ち上がる。「子授け・安産の願掛け石だな」

「安産ということは」奈々も二人について境内を歩きながら、思わず尋ねる。「タタルさん、もしかしてそれって――」

もう何度も、崇から聞かされてきた。

祀られている神々は、自分の叶わなかったことを叶えてくれ、相手からされて苦痛だったり不快だったこと、あるいは自分の身に降りかかってきた災難や悲惨な状況を、同じ苦労・苦悩を抱えている我々から取り除いてくれようとするのだという。

つまり――。

早くして命を落としてしまった神は「長寿」や「延命」を。愛する人たちと無理矢理に引き離されてしまった神は「縁結び」や「夫婦円満」を。不当に財産を奪われてしまった神は「財運」や「商売繁盛」を。不条理に国土を強奪されてしまった神は「国土安穏」や「家庭円満」を。

わが国に祀られている全ての神々が、必ず神徳と逆の運命に遭わせられたというわけではないが、基本はそういうことなのだという。そして、この法則によれば「子授け・安産」の神徳を持っている月延石は、もしかして……。

そんなことを尋ねると、

「いいや」と崇は首を振った。「月延石の場合は、少々違っていてね。この石は昔、神《じん》功《ぐう》皇后が、新羅《しらぎ》・高句麗《こうくり》・百済《くだら》へ出兵した、いわゆる『三韓征伐』と呼ばれている戦いに出られた際に、お腹に子供がいたため、石を当ててサラシを巻き、腹部を冷やして出産を遅らせたという故事に基づいているんだ。その石は三つあったとされていて、そのうちの一つを月読神社に持って来て奉斎しているといわれている」

「それで、月延石という名前なんですね」奈々は頷く。「でも、出産をわざわざ遅らせたということを考えれば、確かに安産に通じるのかも」

ところがね、と崇は意味深な目で奈々を見た。

「この、神功皇后の行動には、謎が多い。というのも、その時自分のお腹の中にいた御子、つまり後の応神《おうじん》天皇は、仲哀《ちゅうあい》九年十二月十四日に生まれたとされている。しかし、皇后の夫である仲哀天皇は、既にその年の二月六日に亡くなっていた。つまり応神天皇は、ほぼぴったり十月十日でお生まれになったことになっている。余りに取ってつけたような出産日だし、天皇は月遅れでお生まれになっているという説もある」

「えっ。ということは……」

仲哀天皇崩御後に、御子を身籠もった――。

奈々が口を閉ざすと、崇は言った。

「また、住吉大社の『神代記』には『是に皇后、大神と密事あり』――つまり、皇后は住吉三神と秘め事を結ばれたと書かれているという」

やはり、そういうことなのか。

息を呑む奈々の隣で崇は、

「ということで」と続けた。「こちらも色々な意味で『安産』とは言えなかっただろうな。

ゆえに、月延石の神徳は決して間違いとはいえない」

「回りくどいんだよ！」小松崎が怒鳴った。「最初から、そう言えば良いだろうが」

「通常の例とは、微妙に違うからな」崇は言い返す。「この繊細な箇所が、昔から熊つ崎には理解できない部分だ」

「大きなお世話だ」

しかし、と崇は再び朱塗りの鳥居を潜りながら言った。

「どうせ安産を願うのなら、境内奥にあるという陰陽石をお参りすれば良いのにな。あれこそ、男女の形だし」

「長い話は、一旦そこまでだ」小松崎はタクシーを停めた。「後は、まわりながらやってくれ。奈々ちゃんは奥に乗れ。タタルを真ん中に座らせるから」

「人を無理矢理つき合わせておいて」崇は奈々に続いて乗り込みながら言う。「話せだの止めろだのと、相変わらず身勝手な男だ」

と呟く崇の言葉を軽く無視すると、

「月読神社までお願いします。その後で、衣手神社と櫟谷宗像神社へ」

小松崎は運転手に告げた。

《 月の澪 》

有明のつれなく見えし別れより
あかつきばかりうきものはなし

壬生忠岑

「奈々くんは、秦氏に関して詳しいかな――」

三人で月読神社を参拝して一通り見学し、次の櫟谷宗像神社へ向かうタクシーの中で崇が言った。珍しく、ずっと黙ったまま境内を歩いていたと思ったら、いきなり口を開いたのだ。

突然のそんな話題に驚いた奈々は、

「い、いいえ」と首を横に振った。「私が知っているのは、タタルさんのお話の中に出てきた程度です」

「この際だ」崇は窮屈そうに体を動かしながら言った。「きちんと説明しておこう」

「どうして、いきなり秦氏の話になるんだよ」小松崎が崇の向こう側で言う。「今回の事件と、関係あるのか」

「大ありだ」

「まさか、秦氏の生き残りの人間の陰謀だとか、そんな話じゃねえだろうな」

　茶化す小松崎の言葉を無視して、

「そもそも、松尾大社自体」と崇は口を開いた。「太古、地元の人々が松尾山を崇めていた場所に、大宝元年（七〇一）、秦忌寸都里《いみきとり》が社殿を造り、なおかつ宗像大社からも市杵嶋姫命を勧請した神社だ。そして大山咋神と共に、これら二神が祀られることになった。ゆえに今回の事件に関わっている、松尾大社の境外摂社・末社に祀られている神々も当然、秦氏と深く関与している」

「そうなのか」

「というより、そもそも天照大神自体が、日本を代表する機織りの神じゃないか」

「そう……なんだな」と小松崎が言い、

「お願いします」と奈々は頷く。

　その言葉に小松崎は、崇越しにチラリと奈々を見た。「長くなるぞ」という合図だが、時間はたっぷりある。

「では」と奈々の言葉を受けて、崇は口を開いた。「過去に説明した部分と重なってしまうところがあるかも知れないが、一応全部話しておこう——。まず、秦氏の『秦』という文字だが」

やはり、そこからか！

奈々は心の中で思ったが、今回は字義云々という話ではないようだった。

崇は続ける。

「秦氏のルーツは、秦始皇帝《しんのしこうてい》だという説もあるが、これはおそらく後付けだろうな。俺は素直に、古代『海』を呼んだ、あるいは『海神』を表していた『ハタ』『ハダ』だと考えている。というのも『秦』という文字は、漢音では『シン』、呉音では『ジン』だから、『ハタ』というのは明らかに和訓だ。ゆえに、この文字は、おそらく『波多《はた》』という意味を表しているんじゃないかな」

「波が多い……ですか」

そうだ、と崇は首肯した。

「そして、応神天皇十四年、彼ら秦氏の祖といわれる融通《ゆうずう》王——弓月君《ゆづきのきみ》が来日した」

「応神天皇というのは、さっきの神功皇后の皇子ですね」

「ちょうどその頃の話になる。『書紀』の、応神天皇条には『是歳、弓月君、百済より来帰《もうけ》り』と書かれてる。しかもその時に『百二十県《ももあまりはたちのこおり》』の民を引き連れて来たとね。

しかもその二年後の、応神天皇十六年にも、更にまた多くの秦氏関係の人々が来日したという。但し『書紀』では、弓月君が秦氏の祖先であると明記してはいないがね――。そしてその後、彼らは、大和の三輪山と穴師《あなし》山のほぼ中間に位置している弓月ヶ岳――現在の斎槻《ゆづき》ヶ岳に居住した。この斎槻ヶ岳と秦氏とは、全く無関係だという説もあるようだが、こんな状況にあって無関係という方がおかしい」

「こんな状況、というのは？」

「今から説明するが、秦氏は、土木建築、農耕、そしてその名の通り機織りを最も得意としていた人々だ。とすれば、これらの作業全てに共通して必要なのは――」

「鉄、ですね」

奈々は即答する。

崇からいつも聞かされている分野の話だ。というより、この時代を語る上で欠かせない。現代ならば「金」や「株」に匹敵するだろうか。必ず、利権・利害関係の原因となっている。

そういうことだ、と崇は言う。

「その重要な鉄を、秦氏が他の氏族から調達していたとは、とても考えられない。当然、自分たちで造りだしていただろう。だからこそ当時、鉄の産地であった三輪山と、穴師山の近くに居住したんだ。そもそも穴師山の『穴師』は、踏鞴《たたら》製鉄の『鉄穴師《かんな》』からきている言葉だからね」

「秦氏は、最初からそんな大きな技術を持っていたんですね」

「これは一説だが、シルクロードの西域地域に、ローマ帝国の支配から逃れた原始キリスト教である景教、つまりネストリウス派の王国があった。これが、秦氏の故郷だと」

「えっ」

「そうであれば、彼らは相当な財産と技術を持っていたとしても、おかしくはないな」

ふん、と小松崎が鼻を鳴らした。

「なるほど。そこまでは分かった。しかしそうすると、どうして秦氏一族は、わざわざ京都に移ったんだ？　そのまま三輪にいれば良かったじゃねえか」

「もちろん」崇は断定する。「大和朝廷に、それまで築き上げた一切を奪われ、追い払われたからだ。それで、仕方なく山城国に移住せざるを得なかった」

「やっぱり……そういうことか」

そうだ、と崇は続けた。

「当時の山城国は、全くの荒れ地。しかも南には、その名の通り大きく暗い『巨椋池《おぐらのいけ》』が広がっていた。そんな、不毛な湿地帯に彼らは移り住まなくてはならなくなった。これは、遥か後世に、豊臣秀吉《とよとみひでよし》に命じられて、一面葦原の江戸に転封《てんぽう》された徳川家康《とくがわいえやす》より、何倍も悲惨な状況だったろうな。しかし秦氏は、この土地を切り拓く。まず、水の便が極めて悪かったこの地域から生活水を得るために、嵐山――荒子《あらし》山の山麓を流れる桂川を一時的に堰《せ》き止め、新しい水路を開発した。それが葛野《かどの》の大堰と、新設の『大堰川《おおい》』だ。そして同時に、毎年のように氾濫《はんらん》をくり返していた鴨川に、当時としては最先端の土木技術を駆使し、流れを変えて大洪水を減少させることに成功したんだ」

つまり、と崇は奈々を見る。

「平安京を造り上げたのは、秦氏だった」

「え……」奈々は驚く。「でも平安京は、桓武《かんむ》天皇が造ったって教わりました……」

「造っていないよ」崇は笑った。「平安京に遷都したのが桓武天皇で、あくまでも造成したのは、秦氏だ。彼らが水の便の悪かった山背《やましろ》の地の灌漑《かんがい》を進め、桂川に水路を造り、同時に鴨川の流れを変えて氾濫を飛躍的に減少させたところに、桓武天皇たちが入って来た。そもそも、大内裏《だいだいり》を造営したのも秦氏だった」

「え。大内裏を？」

そうだ、と崇は言う。

「当時、大内裏の土地の所有者は、秦河勝《かわかつ》だった。河勝に関しては、また後で話すとして――。歴史上では、河勝は天皇に自分の土地を提供して、大内裏を造営したことになっている。しかしそれは、無理矢理に没収されたも同然だった。その証拠に、大内裏の紫宸殿《ししんでん》の前には、右近橘《うこんのたちばな》と左近桜《さこんのさくら》と呼ばれる樹木がそれぞれ植えられたが、右近橘の方はもともと河勝の邸宅にあったものだった。おそらく、わざと持って来させたんだろうな。朝廷に仕える者の印として」

「それは、酷い……」

奈々は顔をしかめたが、

「河勝以前にも、こんな話がある。太秦の地名に絡む話だ」崇は平然と続けた。「雄略天皇十五年だ。この年、帝は秦氏の民、一説では一万八千六百七十人もの人々を、当時の秦氏の首長であった秦酒公《さけのきみ》から取り上げ、臣下に奴隷として下賜してしまった。そのことに驚いた酒公は、絹織物を宮中の庭前に山のように積んで帝に献上し、そのおかげで秦氏の民は無事に帰ることができた。この時、秦酒公が絹織物をうずたかく積み上げたことを誉め称えて、帝は秦酒公に『禹豆麻佐《うつまさ》』——太秦という姓を授けたんだ」

確かに「太秦」を素直に「うずまさ」とは読めない。

奈々も、ずっと疑問に思っていたところだ。つまりこの文字は「太い、裕福な秦氏」という意味だったのだ。だが、崇は更に言う。

「しかし、その翌年、ようやく戻って来られた秦氏の民たちは、今度はその立派な絹織物を作るために、再び各地に分散させられてしまった。『書紀』雄略天皇十六年の条だ。

『又《また》秦の民を散《あか》ちて遷《うつ》して、庸調《ちからつき》を献《たてまつ》らしむ』——とね。実に酷い話だ」

「それは……」

奈々は、絶句する。

確かに酷い。

自分たちの民を救うために献上した絹を見て、一旦は許したものの、今度はそれをもっと手に入れたくなり、再び秦の民たちを分散して移住させてしまったとは……。

奈々は嘆息したが、「だが」と小松崎はしつこく食い下がる。

「今の話では、秦氏が機織りに優れていたというのは——その名字の呼び方からも納得できるが、都を造れるほど鉄に携わっていたってのは、まだちょっと信じられねえな」

それでは、と崇が言う。

「熊つ崎は、松尾大社以外で、秦氏の関与している神社を知っているか」

「はあ？」小松崎は苦笑した。「何だよいきなり」

「どこを知ってる」

「そりゃあ……」小松崎は天井を見た。「あそこだ。ええと、八幡宮《はちまん》だ」

「そうだ」崇は頷く。「現在では、武将の守り神として有名になっているが、もとは『やわた』『やはた』で、秦氏の氏神だ。これらの神社は『八幡神社』『八幡さま』『若宮神社』などと名を変えて、全国に二万社を数えるほど存在している。そして、この八幡宮の神社数は全国で二位だ。ではその数、第一位の神社は？」

「神社クイズかよ」小松崎は、顔をしかめて頭を掻く。「どこだ？」

「ひょっとして」奈々が答えた。「稲荷、ですか？」

「おお、そうか。伊勢屋稲荷に犬の糞だ」

「それはあくまでも、江戸の話だが」と念を押して、崇は首肯した。

「その通り。こちらもまた、秦氏が創祠した神社だ。こちらは日本全国、六万社を超えると言われている。つまり、日本の神社数の一位と二位が秦氏関連ということになるわけだ。その総本社である伏見稲荷大社の祭神は、宇迦之御魂大神で秦氏の神。元明《げんめい》天皇の和銅《わどう》四年（七一一）、秦公伊呂具《はたのきみいろぐ》によって建立された。その後も、裔孫《えいそん》である秦中《なかつ》家忌寸《やのいみき》らによって引き継がれ、現在の隆盛に至っている」

「それで、どうして稲荷が鉄に関係してるんだ？」

「この稲荷は『稲生り』に始まると伝えられているが、以前に奈々くんにも言ったことがあるように、これは明らかな騙《かた》りだ。稲荷はそのまま『鋳成《いな》り』あるいは『鋳丹《いなに》』で、どちらにしても製鉄になる。昔からいわれている『雷が多いと、稲が良く実る』という科学的根拠の見られないような言い伝えも、『神々が多くいれば、鋳がたくさん採れる』と考えれば、理屈に合う。また『田の神は春に山から下り、冬に山へ帰る』という言い伝えにしてもそうだ。『神々』は、春から秋の間は田を耕して『稲』を収穫し、冬の間は山で『鋳』を採るというわけだ」

崇が言うように、この話は奈々も以前に聞いた。

だから、伏見稲荷大社の鳥居の色は「朱色」。つまり「水銀」を表しているのだと。

そんなことを思い出していると、

「ちなみに」と崇は続ける。「伏見稲荷大社の本質である稲荷山に行くと『眼力社《がんりき》』という『目』の病の社、『薬力社《やくりき》』という『足』の病の社、そして能の『小鍛冶《こかじ》』や、名刀『小狐丸』で有名な『御劔社《みつるぎ》』という、製鉄に深く関係している社がたくさん鎮座している。ここまでくると、伏見稲荷大社が『稲』を祀る神社だという方がおかしいんじゃないか」

「まあな」小松崎も頷いた。「タタルにそこまで言われると、確かにそんな気もしてきたが……。それで結局そこも、朝廷に収奪されてしまったというわけか」

「いや」と崇は首を振った。「さすがに、神社は残った。しかし結局、この平安奠都《てんと》後、秦氏に残されたのは、伏見稲荷大社と松尾大社、それに、氏寺としての広隆《こうりゅう》寺と、広隆寺に接する大酒《おおさけ》神社だけになってしまった。もちろん、鉄や織物は献上させられた」

「だから」奈々は、思わず叫んでしまった。「伏見稲荷大社の神徳が『商売繁盛』なんですね。しかも、全国一といわれる」

「そういうことだ」

崇が静かに頷いた時、タクシーは渡月橋南詰に到着した。

＊

一通りの検査が終わると、聡子の口利きもあって、桃子はすぐに退院できることになった。

受付での精算も済むと、ずっと一緒につき添っていてくれた聡子が心配そうに言った。

「気をつけて帰ってね」桃子の手を握る。「本当は私、桃子の部屋までつき合いたいんだけど、どうしても抜けられない仕事があって。ゴメン」

しかし、今までもかなり無理をして、時間のやり繰りをしてくれていたことは桃子も知っている。だから、さすがにこれ以上は甘えられない。

「大丈夫」桃子は手を握り返す。「色々と、ありがとう。今晩にでもまた連絡するね。時間が取れたら、私の部屋か、それともどこかでご飯を食べようよ」

うん、と聡子は長い黒髪を揺らして頷いた。

「そうしよう。じゃあこれ、退院のお祝い」

と言って、赤いバラの花束を差し出した。

「三本だけど」

「いいよ。そんなことしてくれなくても――」

「気持ちだから、持って行って」聡子は笑う。「ただ、急いで買って来たから、トゲがついたままなの。注意してね」

「ありがとう」桃子は微笑みながら受け取る。「ご両親にもよろしく伝えてね。お世話になりましたって」

そう言うと、桃子は手を振る聡子を見ながら病院を出た。

そして歩きながら考える。

今、桃子たちの周りで何が起こっているのだろう。昨日も夜遅く、聡子が真っ青な顔で桃子の病室に駆け込んで来た。そして、持田治男が、殺害されてしまったことを震えながら告げたのだ。実は持田が、友里殺害に関与しているのではないかと、二人でこっそり話していたばかりだというのに……。

しかも、現場には大量の「杉」の小枝が撒かれていたのだという。またしても「月夜見」の唄の通りではないか。犯人は、本気であの唄の通りに犯行を重ねているのだろうか。でも、そうしたら一体何故？

桃子は、荷物を抱えてバス停まで歩いた。

しかし運悪く、バスはちょうど行ってしまったばかりのようだった。そこで、誰もいないバス停に一人立っていると、目の前に一台の車が停まった。そしてウィンドウが開く。何だろうと思って桃子が覗き込むと、

「見上さん！」桃子は驚いて声を上げた。「どうされたんですか」

昨日、見上が運転していたのは持田の車だったので、一瞬分からなかったのだ。今日は自分の商用車なのだろう。

「いやあ、ぼくも驚きました」

見上は助手席に身を乗り出して、微笑みかけた。

「退院できたんですね。すみませんでした、お見舞いにも伺えずに。何しろ、持田部長さんのあんなことがあったもので」

「い、いえ。とんでもないです」桃子は首を振る。「こちらこそ、ご心配をおかけしてしまって……」

「お部屋に帰られるんですか？」

「はい」

「ああ」と見上は、白い歯を見せて笑った。「ちょうど良い。よろしかったら、お送りしましょう」

「でも、お仕事の途中じゃ……」

「通り道です。ぼくはこれから、出町柳《でまちやなぎ》まで行かなくてはならないので」

それならば、確かに通り道だった。それに、もしかすると持田の事件に関しても、桃子たちより詳しく知っているかも。

そう思って桃子は、

「じゃあ、お願いします。すみません」

と言って後部座席に乗ろうとしたが、見上は手早く助手席に置いてあったカバンをつかむと、ポンと後ろに放り投げた。

「こちらにどうぞ」見上は、助手席のドアを開ける。「何しろ、仕事で使っている車なので、少々汚いですが」

改めて見れば、後部座席には細かい機械の部品が入った段ボール箱が置かれている。

「ごめんなさい」桃子は荷物を抱えて、助手席に座る。「急にこんなことに――」

「いえいえ」と見上は言うと、ハザードランプを切って発車させる。「ちょうど良かったですよ。ぼくも、桃子さんのことを気に掛けていたもので。何と言っても、持田部長さんと友里さんが、あんなことになってしまったから」

「そう……ですね」桃子の胸は大きな不安感で、ズキリと痛んだ。「でも、どうして友里までが……」

「全く想像もつきません」見上は、大きくハンドルを切りながら答える。「でも、きっと警察がきちんと調べてくれるでしょう。特に友里さんに関しては……お腹に、お子さんがいたとか」

「ご存知でしたか」

「以前に、持田部長さんから伺いました」見上は首を振る。「全く以て、酷い犯人です」

「そうですね……」

と同意して、桃子は目を閉じた。

そのまま少しの間、車の揺れに身を任せていたが、しばらくして目を開けると、

「あの――すみません」桃子は、見上を見た。「ちょっと、道が違うんじゃないですか。こちらの道だと、遠回りになってしまいます」

「いやあ」と見上は、桃子をチラリと横目で見る。「すみません。一件だけ、急ぎの用事を思い出しましたので。でも、すぐに終わりますから、きちんとマンションまで、お送りします」

それなら、と桃子は言う。

「あの信号の所で降ろしていただければ。少し先の停留所から、バスに乗って帰れますから」

「そうおっしゃらずに」見上は、「きちんとお送りします――最後までね」

と言って、アクセルを踏み込んだ。


しかし車は、どんどん桃子のマンションから遠ざかって行く。目の前には、ゆったりと流れる賀茂川が見える。そしてすぐ先は、北山通りではないか！

「すみませんけど！」桃子は訴えた。「もう、ここで降ろしてくださいっ」

しかし見上は、

「上賀茂神社にお参りされたことはありますか」冷静な声で返す。「もしも、ないようならば、この際にぜひ」

「もちろん、ありますっ」桃子は叫ぶ。「何度も！　だから、ここで降ろして。さもなければ、警察に――」

桃子は、ドアに手をかけようとした。しかし、見上は身を乗り出すとその手を恐ろしい力で握りしめて桃子を睨んだ。その形相に、桃子の背中を冷や汗が伝う。

「な、何をするんですかっ」

「もうすぐ、上賀茂神社です」見上は言う。「松尾大社の大山咋神と、賀茂氏の娘である玉依姫の間に生まれた、賀茂別雷命を祀っている」

「そんなことは、知ってます！」桃子は抵抗する。「だから、手を放して。そして、私を車から降ろしてっ」

「もうすぐ停めますよ。上賀茂神社まで行ったら」

と言う間に、車は上賀茂神社の駐車場を過ぎた。そして、全く人気《ひとけ》のない道をしばらく走ると、ようやく見上は車を停めた。エンジン音が止むと、車内は突如、不気味に静まりかえる。

桃子は、すぐにドアを開けて逃げだそうとしたが、それより早く見上に押さえつけられてしまった。

「な、何をするんですかっ」

いや、と見上はニヤリと笑う。

「こちらにも、色々と事情がありましてね。持田部長さんや、友里さんのように、都合の悪いことを知っている人がこの世に存在しているのは、非常に好ましくないんです」

「え……」桃子は、見上を睨みつける。「ということは、友里たちを殺したのはっ」

しかし、見上はその質問に答えず、桃子の体をぐいっと引き寄せた。その時、

〝あっ〟

桃子は思い出した。

この香りだ。あの時、月読神社で嗅いだ！

それが、ずっと頭に引っかかっていたのだ。どうして今まで思い出せなかったのか。

いや。

聡子たちと一緒に全員で車に乗った時は、運転手は見上だったものの、車の持ち主は持田で、しかも友里の甘い香りが強かったため、気づかなかったのだ。だから先ほど、この車に乗った時に感じた「大きな不安感」は、この「香り」だったのだ――。

そんなことが、一秒足らずの間に桃子の頭の中に浮かんだが、あっという間に助手席

のシートが倒され、

「うっ」

桃子の首には、電気コードのような物が巻かれていた。

「この場所は」と見上は、ニヤリと笑う。「昼も夜も、殆ど人も車も通らない。だから万が一、こんな場面を遠くから覗かれても、きっと車の中で愛し合っているんだろうとしか見えないだろうな。だから、諦めてくれ」

何を勝手なことを言っているのだ！

桃子は手足をばたつかせたが、狭い車内で思うように動けない。そして徐々に、息ができなくなる……。

そんな桃子の上で、見上は言った。

「だが、ぼくにとっては、二人殺すのも三人殺すのも一緒だが」

二人？

三人？

薄れる意識の中でそんなことを思った桃子を見下ろして、見上は笑った。

「ただ、三人目となると、聡子さんが殺した人数よりも多くなってしまうが」

聡子が？

大きく目を見開いた桃子に気づいたように、見上は言った。

「最後に教えておいてやろう。ぼくは今回、聡子さんの手伝いをしただけだ。全部、彼女が仕組んだ」

え……。

今、何と言ったの。

意識が遠くなって、良く聞き取れなかったけれど……。

桃子の体中の力が抜けて、両腕もだらりと下がる。

もう最期――。

すると、
ドンドン！

と激しく窓を叩く大きな音が、車内に響いた。

それに気を取られた見上の力が抜け、首に巻きついているコードが緩む。

〝何が……起こったの〟

一瞬意識が戻った桃子の指先に、

〝痛っ〟

何？　今の痛みは。

そうだ……聡子にもらった、バラの花束。そのトゲだ。

その聡子が、

殺人？

〝嘘よ！〟

桃子は、全身の力を使って大きく飛び起きた。

殆ど気を失いかけていたように見えたため、虚を突かれた見上は「あっ」と驚いて、桃子はトゲの痛みを感じながら、そのバラの花で見上の顔を思い切り殴った。何度も何度も、力を振り絞って殴った。すると、

「ぎゃあっ」

見上は桃子の首を絞めていたコードから手を放すと、叫び声を上げて自分の顔面を押さえた。バラのトゲが、目を直撃したらしい。頬に一筋、血さえ流れている。

桃子は、息も絶え絶えになりながらドアのロックを外すと、外側から勢いよくドアが開いた。桃子は車の外に転がり出る。

しかし、まだうまく息ができない。ヨロヨロと数歩進んだところで、地面に倒れ込んでしまった。膝が、ガクガクと波を打つだけで、息をすることさえやっとだった。きっとすぐに連れ戻されてしまう！

そう思って泣きそうになった時、

「大丈夫かっ」

頭の上から、男性の声が降ってきた。

桃子が何とか視線を上げると、そこには中新井田の顔があった。窓を叩き、桃子を救い出してくれたのは、彼だったらしい。

だが、返答しようにも、まだぜいぜいと息をするのが精一杯で声にならない。そこで、地面に倒れたまま、震える指で見上の車を指した。

すると、車はエンジンがかかり、タイヤを軋《きし》ませながら急発進した。それを見た中新井田は、すぐさま携帯を取り出して、どこかの部署に連絡を取り、車種とナンバーを伝えた。

「――よろしく」と携帯を切ると、中新井田は桃子を見る。

「大丈夫？　歩けますか」

桃子が、肩で息をしながらコクリと頷くと、中新井田は物陰に停めてあった自分の車に誘導する。そして、念のために救急隊員の要請もした。

「もう安心ですよ。救急車も来るから」中新井田は言った。「危ないところだった。何とか間に合って良かった。村田警部に命じられて、ずっときみを見張っていた。転院してからも」

やっぱり、自分は疑われていたんだと思った桃子に、中新井田は言う。

「今日未明に、例の焼き鳥屋の女将、中嶋ハルさんが亡くなった。店で首を吊ったようなんだが、色々と怪しい点があってね。もしかしたら、殺人ではないかということで捜査を進めているんだ」

「え……」と桃子は息を呑んだが、

「もちろん」と中新井田は微笑んだ。「きみは無関係だ。病院から一歩も外に出ていなかったようだから」

中新井田は、桃子を後部座席にゆったりと座らせる。

「すぐに、救急隊員が来る。そこで横になっていると良い」

そうだ！

桃子は体を起こして、何度も深呼吸して訴えた。

「今……私が退院してきた病院……太秦の……矢野病院に、聡子の所にお願いします！」

「えっ」中新井田は顔をしかめた。「どういうことだ？」

「お願い。早く……急いでくださいっ。理由は……後で」

その真剣な表情を見て、

「分かった」

中新井田は、点滅灯を屋根に貼ると、サイレンを鳴らしたが――、
その音を聞きながら桃子は、意識が遠くなってしまった。

＊

崇は、やはり何か思うところがあったのだろうか、事件の話や手鞠唄に関して詳しく語る小松崎とは対照的に、殆ど口もきかずに歩いていた。

まだ警官の警備も厳しく、立ち入り禁止の場所も多くあったが、とにかく櫟谷宗像神社と衣手神社を参拝し終わった。

櫟谷宗像神社では、

「『嵐山弁天社と称し』――か」神社の由緒書きを見て、崇は呟くように言う。「祭神が、市杵嶋姫命である以上、これは当然だ。そして市杵嶋姫命は宇迦之御魂大神でもあるわけだから、どう転んでも秦氏の神だ」

とか、衣手神社では、

「玉依姫が『古くから山城地方開拓の恩神と仰がれ』とあるが、これも実に正しい。秦氏の神なんだから。だが、この一文によって、彼女も少しは救われるだろう。良かった」

などという程度で、それ以上のことに関しては、口にしなかった。

やがて、それらをまわり終わった時、小松崎が崇に尋ねた。

「それで、どうだ。事件に関しては」

「何の？」

「何のじゃねえよ！」小松崎は怒鳴る。「俺たちが今、直面している連続殺人事件だ」

「ああ」崇は頷いた。「しかし、その言い方は正確ではないな。熊つ崎だけが直面している事件だ」

何だと、と小松崎は一瞬気色《けしき》ばんだが、

「まあいい。一応そういうことにしておこう」と言って、腕時計に目を落とした。「もう、昼をとっくに過ぎちまった。どこかで昼飯を食おう」

やはり、タクシーの運転手が神社を探すのに手間取ってしまったことと、それに加えて崇が、余り喋らない割には非常に細かい場所までじっくり見て回ったために、意外と時間がかかってしまっていた。少し遅めの昼食になる。

「どうだ」小松崎は尋ねた。「俺は今夜、最終の新幹線で東京に戻るつもりだから、夕食は三人で京料理でも食おうじゃないか。久しぶりに会ったんだ。少し贅沢しよう」

「それは素敵です」

奈々は目を輝かせた。崇と二人の夕食も、それはそれで楽しいが、きっと簡単な御番《おばん》菜《ざい》で終わってしまうに違いない。もともと崇は、料理にはそれほど興味がないので、一応奈々も下調べをしてきたのだが、小松崎に任せた方が良さそうだ。

「どこか、美味《おい》しいお店があるんですか？」

「ああ」と小松崎は答える。「祇園まで出れば、いくらでもある。しかも、リーズナブルな値段でな」

「じゃあ、そうしましょう！」

「ということで」と小松崎は崇に言う。「昼は簡単にすませちまおう。もう少し、事件の話をしながらな。というより、このままじゃ東京に帰れねえよ。何をしにやって来たんだか分からねえ」

「いいだろう」崇も同意する。「地酒だけあれば、どこでもいい」

「確かにそれは、重要ポイントだ。じゃあ、地酒を置いていそうな日本蕎麦屋にでも入るか。その他に希望は？」

「できれば、これから俺たちがまわる予定の、太秦近辺が良いな」

「良かろう。あの辺りだったら、いくらでも店がある」

と小松崎は言って、タクシーを停めた。


やがて太秦に到着すると三人は、小綺麗な日本蕎麦屋に入った。昼を大きくまわっていたので、店内は空いていた。四人がけのテーブルに腰を下ろすと、小松崎と奈々は天せいろを、そして崇はせいろを一枚だけ注文した。

「それと」と小松崎は言う。「地酒の冷酒を……そうだな、四合」

昼から、日本酒を四合も飲むのか！

奈々は一瞬驚いたが——いや、このメンバーだったら、何も問題はないかも知れない。などと思っていると、小松崎は乾杯用にと言って生ビールをグラスで三杯注文した。まあ、確かに暑かったから喉は渇いていたので、こちらも拒む理由はない。三人は再会を祝して乾杯し、あっという間にビールを空けると、冷酒に移行した。

そして、奈々の妹の沙織の話や、簡単な近況などをイントロダクションにして、「結局」小松崎は手酌で冷酒を注ぐ。「こっちの事件は、何の進展もなしか」

「仕方ないだろうな」崇もぐい呑みに口をつける。「何しろ、手がかりが少なすぎる」

「確かにそうだな」小松崎は、お通しの鱧《はも》の梅肉和えに箸をつける。「しかし、俺はてっきりタタルの分野の事件だと直感したんだが」と言ってから、奈々を見た。

「悪かったな、折角の旅行の邪魔をしちまって」

いえいえ、と首を振る奈々に重ねて謝ると、

「俺はまだ、ギリギリまで取材するつもりでいるんだが、タタルたちは、これからどこへ行くつもりなんだ？」

「この辺りで秦氏を追ってみる。明日は、竹生島と日吉大社をまわるつもりだ」

「竹生島は」奈々は嬉しそうに言った。「日本三大弁才天の一つといわれているのに、私はまだ行ったことがないので、凄く楽しみにしているんです。しかも、タタルさんの

話によれば、本来は弁才天というより、むしろ秦氏関係の女神の市杵嶋姫命が主祭神ということなので、どうしてもご挨拶をしたいと思って。何しろ、素戔嗚尊と天照大神との間に生まれた娘神ですから。しかも、大怨霊神」

「……似たもの同士だな」小松崎は苦笑した。「奈々ちゃんも、よくここまで成長したもんだ」

「え」

「熊つ崎もどうだ」崇が言う。「もう一泊して、一緒にまわらないか」

「俺？」小松崎は、呆気に取られたような顔つきで崇を見る。「あいにくと、明日の午前中に一つ仕事が入っていてな。泊まっちまったら、朝一番の新幹線に乗らなくちゃならなくなる。そんな不健康なことは、できねえな」

「…………」

「それに」と小松崎は崇を見る。「そんな予定になっちまったら、朝まで飲み明かすことになるぞ」

「良いじゃないか」

「ゴメンだよ。おまえたち二人でやってくれ」

そんな会話に、奈々が何となくもじもじしていると、蕎麦が運ばれてきた。それに箸をつけながら、小松崎は尋ねる。

「それで、この近くのどこの寺社に行くんだ？」

ああ、と崇は顔をほころばせながら、ぐい呑みを空けた。そしてすぐに手酌で注ぎながら答える。

「もちろん、広隆寺と、大酒神社、そして蛇塚古墳だ」

「何となく聞いたことのある神社仏閣だが」小松崎は、ふんと鼻を鳴らした。「大酒神社なんてのは、とても他人とは思えない良い名前の神社だな」

「何を言ってるんだ、熊つ崎は」崇は真剣な顔になる。そして、せいろにはまだ手もつけず、ぐい呑みを空けた。「ちょっと聞け。こういう話があるんだ」

その言葉を受けて小松崎は、またしてもチラリと奈々を見た。長くなるぞという合図だ。奈々がニコリと笑うと同時に、崇が口を開いた。

「広隆寺は、推古天皇十一年（六〇三）に建立された、山城国最古の寺院で、大阪の四天王寺、奈良の法隆寺と共に、聖徳太子建立の『七大寺』の一つといわれているが……正確にいうと、少し違う」

「どう違う？」

「建立を命じたのは聖徳太子といわれているが、実際に建立したのは秦氏だからだ。その年の十一月一日。聖徳太子が、皆を呼び集めてこう言ったんだ。『誰か、私が所蔵している尊い仏像を祀る者はいないか』と。するとその時、秦河勝が進み出て『私が、お祀りいたしましょう』と言った。そこで、太子は河勝にその仏像を渡し、河勝が蜂岡《はちのおか》寺《でら》――広隆寺を建立して、恭しく祀ったという。『書紀』には、『時に、秦造《はたのみやつこ》河勝進みて曰《もう》さく、「臣《やつかれ》、拝みまつらむ」とまうす。便《すで》に仏像を受く。因《よ》りて蜂岡寺《はちのおかでら》を造る』と書かれている。ちなみにその仏像は、現在国宝になっている二尺八寸の弥勒菩薩半跏《はんか》思惟《しゆい》像だということが、『広隆寺資財交替実録帳』で明らかになっている。この像は、きみらも見たことがあるだろう」

　はい、と奈々は答えた。

「以前に一度参拝した時に見ましたし、写真などでも何回か。とても優しそうなお顔で、右手の人差し指か中指かを、そっと頬に当てて座っておられる仏像ですね」

　そうだ、と崇は頷いた。

「だが、この話は非常におかしいと思わないか。いや、聖徳太子実在云々という以前に」

「どこがだ？」

「どうして、河勝がその仏像を譲られたのかということだ」

「彼ならば、大切に祀ってくれそうだと思ったからじゃねえのか」

「ところが当時、太子の周囲には立派な大臣《おおおみ》や大連《おおむらじ》たちが大勢いたんだぞ。それなのに、たかが地方の一豪族に過ぎなかった河勝に譲った。普通なら周囲から、どうして自分たちではないのかと非難囂々《ひなんごうごう》だ」

「地位が低くても、その実力を買われていたんだろう」

「百歩譲ってそうだったとして、しかしそれほど尊い仏像ならば、最初から太子が自分で祀れば良いじゃないか。それなのに、わざわざ河勝に下賜した」

「ふん……」小松崎は眉根を寄せた。「そりゃあ、そうだな。自分でやればいい」

「その上」崇は続ける。「その半跏思惟像が、きちんと飾られたのは推古三十年（六二二）のことだった」

えっ、とさすがに奈々も驚く。

「ということは……河勝は十九年もの年月をかけて、広隆寺を建立したんですか」

「そういうことだ」崇は大きく頷いた。「それほどの労力を費やしてしまうことが分かっていたから、大臣たちは誰も手を挙げず、結局は秦河勝に押しつけてしまった、というのが真実だろうな」

「名誉と交換に、またしても秦氏は搾取されてしまったんですね。確かにそれでは、秦氏が創建した伏見稲荷大社の神徳は『商売繁盛』以外あり得ないかも知れませんね」

「しかし、おかげで立派な寺ができたってわけか」

ぐい呑みを傾ける小松崎を見て、

「そんな単純な話じゃない」崇は言う。「この寺の名称は、古くは『秦公寺《はたのきみでら》』だった。それがやがて『蜂岡寺《はちおか》』と呼ばれるようになった。もちろん『蜂』には『八——捌』つまり『別れる』という意味も含まれていると考えて良いだろうな。『八幡』の『八』だ」

「それは」奈々は尋ねる。「幡、つまり秦氏をバラバラにする、という不吉な意味ですね」

そうだ、と崇は頷く。

「しかしこの場合は、もっと深い意味が隠されているのではないかと俺は思ってる」

「というと……？」

「『廃止《はち》』だ」

「廃止？」

「『日本書紀』崇峻《すしゅん》五年（五九二）十一月の条に、蘇我馬子《そがのうまこ》が崇峻天皇を廃そうと企て、東漢直駒《やまとのあやのあたいこま》に命じて、天皇を殺害したとある。そして、その崇峻天皇皇子の別名は『蜂子《はちこ》皇子』、または『波知乃古《はちのこ》皇子』だった」

「蜂子……皇子」

「つまり『廃止』された帝の皇子、という意味だな。また、この『波知乃古』というのは、ミミズのことだ。蜂の子の形状が、ミミズに良く似ているために、そう呼ばれたといわれている。どちらにしても、決して良い意味では使われていない言葉だ」

「蜂とミミズ……ですか」

顔をしかめる奈々の隣で、

「そして」と崇は続ける。「その広隆寺のすぐ近くに鎮座しているのが、大酒神社だ。

祭神は、秦始皇帝、弓月君、秦酒公。そして、この神社に関しては『広隆寺縁起』に『此神元是所祭石也』つまり――この神社の祭神は『石』であると書かれている」

石って、と奈々は尋ねる。

「祭神は今おっしゃったように、全員『人間』じゃないですか。どういうことですか」

「簡単な話だ」崇は皮肉に笑う。「秦酒公を始めとする全員が、物言わぬ『石』にされたという意味だろうな」

「え……」

「柳田國男《やなぎたくにお》などによれば、この『石神』は『塞《さえ》の神』と同一だから、猿田彦《さるたひこ》神と同じ神ということになる」

猿田彦神も秦氏の神――と、崇が言っていなかったか。奈々の頭の中で、全てが繋がって行く。崇は更に続けた。

「『延喜式』神名帳では」と崇は続けた。「この神社を『大辟《おおさけ》神社』と記しているように、『大酒』の文字は『大僻』『大避』『大裂』『大荒』などと書かれてきた。『大辟』の『辟』は『罪・片田舎に遠ざけられて僻《ひが》む・辺鄙《へんぴ》・脚萎《あしな》え』という意味だ。そして『僻』にしても『片寄る・避ける・田舎』という意味を持っている。『避』はそのままで『避ける・逃れる・退く』という意味だし、『裂』は『分裂』で、一族が引き裂かれたことを表しているんだろう。『八幡』と同じくね」

「大避……大裂……」

「また、世阿弥《ぜあみ》の『風姿花伝《ふうしかでん》』には『大きに荒るると書きて、大荒大明神と名附く』とあるから、この『物言えぬ石』の神は、余程の大怨霊となったと考えられる。今も言ったようにこの『辟』という文字には『脚萎え』という意味もある。これは古代中国で、罪を犯した者の腰肉を切り取るという刑罰を示しているからね」

「腰の肉を！」

「この『辟』の重いものは『大辟《たいへき》』と呼ばれ、これは腰斬《ようざん》の刑のことだ。ちなみに、この『辟』と『足』とで構成されている『躄《いざり》』という文字は、この罰を受けて腰の肉を切り取られてしまったためにうまく歩けないということを表している。だが、実際にそんな刑を受けなくても『躄』のようになってしまう職業の人々がいただろう」

「踏鞴製鉄の従事者……ですね」

そうだ、と崇は頷いた。

「そんな広隆寺と大酒神社——というより、殆ど広隆寺だが、数多い国宝級の仏像や、重要文化財も見学することができる。食事を終えたら、早速まわってみよう」

「はい……」

奈々は頷いたが——。

とても食事中に持ち出す話題とは思えない、しかも長い話を終えると崇は、もくもくとぐい呑みを空ける。しかも、事件の話題にこれっぽっちも触れなかったことで、小松崎はずっと苦い顔で睨んでいたが……。

事件に関しては、さすがに今回は仕方ない。

結局、奈々たちは事件と何の関わり合いもなかったということだ。一体誰だ。毎回毎回、奈々たちが事件に巻き込まれるなどと言っていた人間は！

奈々も笑いながらぐい呑みを空け、大葉の天ぷらをつまんだ時、突然遠方から、緊急車両のサイレン音が響いてきた。そして更に、重なるようにして救急車のサイレン音も。それらの音が、どんどん近づいてくる。

「何だ……どこで何があったんだ。まさか、この事件絡みか？」

小松崎は、最後の蕎麦をたぐると、ぐい呑みを口に運んだ。するとサイレン音は店の前を通過して、しばらく行ったところで止まった。

「おい、緊急車両が停まったぞ！」小松崎は、ガタリと音を立てて、思わず立ち上がった。「しかも、ここのすぐ近くだ」

するとその姿を見た店主が笑った。

「ああ、お客さん。そこの救急病院ですよ。誰かが、運ばれて来たんでしょう」

「そういうことですか」

肩の力を抜く小松崎に、

「でも」と店主は言う。「この頃は物騒な事件が起きてるようだからね。それこそ、その病院の聡子ちゃんの友だちも、何人も亡くなっちゃったっていうから、また関係者じゃないと良いんだけどね」

「聡子ちゃん？」

「矢野院長さんの娘さんですよ。今、病院を手伝ってる良い娘《こ》なんだけどね」

「友だちが、死んじまったっていうんですか」

ああ、と店主は顔をしかめた。

「何だか、月読神社と衣手神社だったかな。ニュースでやってたでしょう」

「何だって！」

小松崎が叫んだ時、店に設置されていたテレビから、ニュースキャスターの低い声が流れてきた。

「またしても、松尾大社の事件絡みで、人が一人亡くなったもようです――」

奈々たちは思わず息を殺して、その画面を注視する。

「松尾大社近くで焼き鳥店を営んでいた、中嶋ハルさん六十五歳が、今朝、自宅で首を吊っているのを、近所に住む友人が発見し、警察に通報しましたが、救急隊員が到着した時点で亡くなっていることが確認されました。中嶋さんは、今回の松尾大社関連の事件において、いくつかの重要証言を行っていたこともあり、京都府警は事件性がないかどうかを捜査中です――」

「こりゃあ、ヤバイな」小松崎は、ドカリとイスに腰を下ろして、ぐい呑みを口に運ぶ。

「この女性だぞ、例の『月夜見』の唄を村田さんたちに教えたのも」

「もしかして、今の救急車――」

眉根を寄せる奈々に、

「いや」小松崎は首を振る。「こっちのオバサンは、ニュースで死亡が確認されたと言っている以上、今頃は警察病院で司法解剖だ。こっちとは、別件だな」

と言って、小松崎が蕎麦湯を注ごうとした時、更にもう一台、緊急車両のサイレン音が近づいて来た。小松崎は立ち上がると、店の外に飛び出す。そして、

「おおっ」

という大きな叫び声と共に小松崎が、すっ飛んで戻って来る。そして「お勘定!」と叫ぶと、椅子の背に掛けてあったブレザーを手に取った。

「行くぞ、タタル!」

「……どこへ?」

ようやく、せいろを一枚食べ終わり、しかしまだぐい呑みを傾けていた崇の問いに、

「どこへじゃねえよ! その救急病院だよ」取りあえず小松崎がまとめてお勘定をしながら、怒鳴る。「今のパトカーに、村田警部が乗ってた。間違いない。ということは、

さっきの救急車も、この松尾大社の事件だ。また誰か、被害者が出たんだ」

「そう言われてもな……」崇は、ゆっくりと財布を取り出す。「俺が行っても、きっと何の解決にもならんな。彼らに任せておいた方が良い。それで、勘定はいくらだ」

「黙ってついて来りゃあ、おごってやる」

「無駄金と無駄足になるぞ」

「そんなことを言ってねえで！　向こうに行けば『月夜見』の唄絡みで、タタルの知りたがっている情報を手に入れられるかも知れねえぞ。何しろ、ほぼ地元なんだからな」

「無理だろうな」

「そんなことありませんよ」奈々も、小松崎を応援した。「タタルさん、警部さんたちにご挨拶だけでも」

「おおっ。奈々ちゃん、良いことを言うねえ」

小松崎の言葉に、奈々は微笑んだが。

もちろん……。

奈々だって、崇と二人で京都をまわりたい。この近くだって、行ってみたい場所はいくらもある。

でも、小松崎の関わっている事件を放っておけないし、しかもこんなに次々と人が死んでいるのを横目に、のんびりと寺社見物もしていられない。いや、奈々一人だったらそうしたかも知れないが、ひょっとすると事件解決に貢献できるかも知れない崇が、ここにいるのだ。そう思ったのだが――。

「徒労だ」

とそっけなく答えた崇に、奈々は訴えた。

「そんなことありません！　だって、今までまわって来ただけでも、月読命は、秦氏に深く関係していたということが分かったじゃないですか。事件のことは別途に考えるとしても、村田警部さんたちのお話を聞けば、また新しい情報が手に入るかも知れないですよ」

「月読命と秦氏の関係は、最初から分かっていた」

「タタルさんはそうかも知れないですけど、私は今日、初めて知りました。『月弓』と『弓月』――」

「何だそりゃ」

と尋ねる小松崎に、奈々は言った。

「『書紀』に出てくるそうなんです。月読命は『月弓』と書かれている。そして、秦氏の祖先は『弓月』君。完全に同じじゃないですか。私は、そんな基本的なことすら知らなくて――」奈々は苦笑しながら、崇を見る。「だから『月読』命は『弓月』君を、逆転しただけの名前で。といっても、全世界的に月は女性ですけれど。でもきっと、この場合は――」

ガタリ、と音を立てて崇が立ち上がった。

そして、

「奈々くん」

大きく目を開いて、両手で奈々の手を握る。

「いや、そういうことなんだが……それほど単純じゃない。しかしそれにしても……」

「ちょ、ちょっとタタルさん！」

奈々は驚き、顔を真っ赤にして周囲を見回した。しかし幸い、客も少なかったことと、誰もがテレビニュースに注目していたおかげで、こんな光景を見ていたのは、小松崎と店主だけだった。

「あっ、あの……」

急いで手を引っ込めようとした奈々よりも少しだけ早く、崇は奈々の手を放した。

そして、

「鏑矢《かぶらや》だ……」

呆然と呟く。

「鏑矢ですか？」奈々は尋ねた。「玉依姫や、賀茂別雷命の」

「それと、市杵嶋姫命」崇は引きつりながら笑った。「そういうことだったんだ。気がついてみれば、どうということもなかった。最初から『記紀』に書かれていた。但し、少し意地悪にね」

その前に仁王立ちしたままの小松崎が、

「おい、タタル」大きく嘆息した。「とにかく、少しだけつき合え。村田警部たちと、ちょこっとだけ話をしたら、すぐに解放してやるから」

すると今度は崇が、

「ああ」と素直に頷いた。「しかし『月夜見』の唄を正確に知りたいだけだ。それで良ければ、行く」

「何だと?」小松崎は顔を歪めたが、「分かった。警部たちに頼んでみる。それでだが——」

と言って奈々を見た。

「奈々ちゃんは、どうする? もちろん一緒に来てもらっても良いんだが、それじゃ、あんまりだろう。折角、京都まで来て病院見学じゃ、可哀想すぎる」

「い、いいえ」と答えたものの、正直に言えば、心の半分ではそう思っていた。「でも、二人が行かれるのなら——」

「いや、ただでさえ奈々ちゃんの時間を無理矢理奪っちまったからな。不憫《ふびん》だ」

「俺は?」

「タタルはいいんだよ! 問題は、奈々ちゃんだ」小松崎は崇の言葉を一蹴した。「何だったら、俺たちが病院に行ってる間に、一人で悪いんだが、どこか見物してたらいい。途中で何度か連絡を入れるから」

「そんな……。私だけ、申し訳ないです」

いや、と崇も小松崎に同意した。

「ここまで来て、こんなわがまま男につき合うことはない。そうだ。何なら、嵯峨野《さがの》に、野宮《ののみや》神社などもあるから、参拝して来るといい。主祭神は、それこそ天照大神——といわれている——し、日本最古の形式の黒木鳥居がある、歴史深い神社だ。というのもそこは、伊勢神宮に奉仕する皇女、つまり斎宮《さいぐう》が神宮に入られる前に、必ず立ち寄って潔斎した神社なんだ。だから、かの『源氏物語』にも——」

「それがいいぞ、奈々ちゃん」小松崎が、崇の言葉を遮って言う。「こっちの用事が終わったら、携帯に連絡するから、好きに行動してくれていて構わない。渡月橋の辺りも、色々な店が並んでいたようだしな。あっちまでまわっても良いぞ」

そんな二人を見て、

「分かりました」

奈々は申し訳ない気持ちが半分と、嬉しさと同時に少し淋しい気持ち半分の、複雑な胸のうちのまま、頷いた。

*

崇と小松崎は、矢野救急病院へと走った。

救急搬入口を見れば、まだ先ほど到着したらしき救急車とパトカーが停まっている。

二人が病院の中に入ると、リノリウムの長い廊下の奥で、何人かのドクターと看護婦たちが、小走りに行き来していた。そして、そんな白衣の人々に混じって、ジャケット姿の男性が二人。村田と中新井田だった。

「行こう」と小松崎は崇に向かって真剣な顔つきで言う。そしてすぐに、

「やあ、こんにちは」

片手を上げて作り笑いと共に、二人に走り寄る。

「また、どうしたんですか、今度は」

その姿を見て、村田たちはあからさまに嫌な顔を見せた。

「悪いがね」中新井田は、小松崎を睨みつける。「今は忙しいんだ。そしてここから先、関係者以外は立ち入り禁止だ。だから、早く帰ってくれないか」

いやあ、と小松崎は愛想良く答える。

「今回は、この男を連れて来ました。また偶然にも、京都に来ていたもんで」

その言葉で、冷ややかな視線を崇に移した村田たちは、ハッと顔を見合わせた。

「きみは確か、あの貴船の……」

「その節はお世話になりました」崇は、ボサボサの髪でお辞儀する。「おかげさまで、色々と助かりました」

実質的に京都府警を助けたのは崇だったのだが、面と向かってそう言われ、

「あ、ああ。いや、こちらこそ」と村田たちも挨拶する。「それで、どうしてここへ？」

尋ねる村田に、崇はごく手短に経緯を伝えた。そして「月夜見」の唄に関して、ぜひ確認したいことがある――。

「しかし今は、また新たに被害者が出てしまってね」中新井田は顔をしかめた。「昨夜、意識不明に陥った女性なんだけど」

「馬関桃子さんという方ですね」

「ああ、そうなんだ。彼女が犯人に襲われてしまって、先ほど救助したんだが」中新井田は顔を曇らせる。「今回は、肉体的なダメージに加えて、かなりの精神的ショックを受けてしまっているようで、再び昏倒してしまい、現在手当て中だ」

但し、と村田は言った。

「犯人は判明しているので、指名手配した」

「犯人が分かったんですね！」小松崎が大きな身を乗り出した。「誰ですかっ」

「彼女の知り合いだよ。これも、もうすぐニュースで流れるだろうから言うが、見上義浩という中年の男性だ。一応我々も、事件関係者としてリストアップしてあった。しかし、彼女が車中で暴行を加えられた、その車のナンバーで確定した」

「その後、ここの病院に搬送されたってことは、近所での事件だったんですね」

「彼女の希望だったんだ。気を失う直前に、ここの病院を指定した。彼女も、ついさっきまで入院していて、退院したばかりだったんだがね」

「酷く、その友人に会いたがっていたからね」中新井田が補足する。「しかし、本人は今のような状況だし、その友人も外出中なので、今から院長の矢野恒一《こういち》さんと、奥様の華月さんにお目にかかって、お話を伺うんだ。だからきみたちはもう、退出しなさい」

崇がこの場にいたためだろう、特別丁寧に説明してくれた。そこで小松崎が、

「じゃあ、せめてそのお話が終わったら、また――」

と言った時、

「それでは」と崇が言った。「その場に同席させていただきたいんですが」

「は？」さすがの小松崎も驚いて「本気か」

と尋ねたが、崇は真剣だった。

「ぜひ、お願いしたい」

と言う。しかし、

「無理だ」村田は渋い顔で睨む。「部外者を同席させるわけにはいかない」

「しかし」崇は断定する。「院長先生方も、おそらく俺の話をお聞きになりたいと思いますよ。これほど『月』がお好きならば」

と言って、廊下にズラリと飾られた月の写真のパネルを見た。

「いや。いくら、きみの提案とは言っても――」

「ひょっとすると、何らかの糸口がつかめるかも知れない」

「何だと……」

その言葉を聞き流すには、村田と中新井田は余りにも崇のことを知っていた。貴船での出来事が、村田の脳裏に蘇る。そこで、

「分かった。矢野院長に聞いてみよう」

と言って、中新井田と二人、その場でひそひそと相談する。そして一度崇たちの前から姿を消した。


その間に小松崎は、奈々に連絡を入れる。

「少し長引きそうだから、一人で申し訳ないが、ゆっくりと色々な場所をまわっていてくれないか。それでも、まだこっちが終わらないようだったら、矢野病院まで来てもらってても構わねえし、どこかで先に一杯やっていてもらってもいいから」

そして「分かりました」という奈々の返事を聞いて、小松崎は携帯を切った。

やがて、院長たちの許可を得て戻って来た村田に案内されて、崇たちは病院の応接室に通された。そこには立派な調度品と、やはり「月」の写真が、何枚も飾られていた。

「松尾山にかかった、十五夜の月です」村田たちの視線に気づいた矢野は、ニッコリと笑った。「立派でしょう」

白衣姿が絵になる、まさに恰幅の良い「院長」だった。但し、眼鏡の奥から覗く目は、常に注意深く相手を観察している。それは職業柄なのか、それとも相対しているのが京都府警の村田たちだからなのか、それは小松崎には分からなかった。

「素晴らしいですな」

本心から感嘆する村田に、

「私も家内も、二人して月が大好きなものでね」

と言って、清楚な和服姿で佇《たたず》む夫人の華月を見る。亜麻色の着物に身を包んだ華月は、まさに夜空にかかる「月」のようだった。しかしその姿は「満月」ではなく、鋭い爪痕のような「月」だ。

小松崎が、勝手にそんなことを思っていると、

「どうぞ——」と言って、ソファを勧める。「おかけください」

重厚な木製のテーブルを挟んで、矢野と華月が並び、こちら側には村田を中央に、その両脇に中新井田と小松崎が腰を下ろし、崇はスツールを持って来て小松崎の横に腰を下ろした。

そこで村田が、今回の会見の趣旨を伝える。実は被害者の馬関桃子が中新井田に、聡子に会いたいと言った。犯人の見上に襲われた直後にそんなことを口にするというのは、もしかすると聡子の身にも危険が迫っている可能性があるのではないか――。

「しかし」と村田は続けた。

「矢野さんは、聡子さんと連絡が取れないとおっしゃった。そこでお二人のお知恵を拝借して、この状況を打開できないものかと思いまして」

その言葉に、華月は冷たく笑った。

「おそらく無理です。これは、私たちの責任でもあるのですが、聡子は幼い頃から自由奔放に育ててしまいましたもので。でも、時間になれば必ずきちんと戻って参ります」

「しかし現在、聡子さんの身に危険が迫っているかも知れないんですよ！」

今、と矢野は悲痛な顔で言った。

「できる限りの知り合いに連絡して、聡子を捜してもらっています。しかし、まだ誰からも連絡がない。私も心配しているんです」

「そんなことより」と華月が村田を見た。「一刻も早く、その犯人を逮捕してください。

ここで私たちと話しているよりも、そちらの方が先決ではありませんか」

「もちろん、我々としても全力を挙げて捜索しています」

「それならば、お話はもう、よろしいのではありませんか。時間の無駄でしょう。それに——」

華月は崇と小松崎をチラリと見て言う。

「そちらの方たちは、東京の警視庁関係者と伺いましたが……。とても刑事さんのようには、お見受けできませんし」

特に、崇のボサボサの髪と、いかにも観光客のようなラフな服装が気に入らなかったらしい。

「いや、それは——」

と村田が言い訳をしようとした時、

「こちらの家紋は」壁を見つめたまま、崇が口を開いた。「三階菱《さんがいびし》ですね」

えっ、と虚を突かれた形で、全員が崇の視線の先を追う。するとそこには、立派な金色の額に納まった、やはり金色の家紋が飾られていた。それは、大中小の菱餅を少しずつずらして重ね合わせたような形だった。

「しかし」と崇は続ける。「矢野さん、とおっしゃるからには、甲斐の武田氏とは関係がない。とすれば、菅原氏に繫がる家系ですね。俺の家系と一緒です」

「いきなり、何を一体！」

小声で叱咤《しった》する村田を手で制すると、矢野は崇に鋭い視線を向けた。

「きみは？」

「桑原崇といいます。ちなみに俺の家の家紋は『剣梅鉢《けんうめばち》』なので、矢野さんと同様、菅原系の家の人間です。ご縁がありますね」

「……それで？」

低く静かに、しかし突き刺すような声で尋ねる矢野には全く無頓着に崇は言った。

「ちなみに神社の神紋に関して言いますと『十六菊』や『十六八重菊』などの菊紋は、今やただ単に神社本庁の統一マークになってしまっていると言っても過言ではないでしょう。実際に、菊紋を持つ代表的な神社である伊勢神宮などは、もともと何の神紋も持っていなかったのですから」

「……何の話をしたいんだ」

実は、と崇は真面目な顔で矢野を見る。

「以前から思っていたことがあるんです。そしてこれは、どんな文献にも載っていないので、単なる俺の思いつきかも知れないんですが……『三つ巴』紋です」

「三つ巴が、どうした？」

「この紋を神紋としている神社は、怨霊神を祀っている」

「三つ巴紋の神社など」矢野は笑った。「そこらじゅうに存在しているではないか」

「確かにそうです」崇は頷く。「たとえば——松尾大社なども」

「松尾大社？　何を言っているんだきみは。松尾大社の神紋は、賀茂社と同じく葵だ」

「本殿の古い軒に、三つ巴紋が残っています。確かに表立っては、今おっしゃったように、葵紋ですが」

「な……」

一瞬絶句する矢野に代わって、

「そうだとして」華月が冷たく問いかける。「それが何だとおっしゃいますの」

「三つ巴紋の意味するところが、ずっと分からなかったんです」

崇は華月を見た。

「いえ、もちろん、この紋は、弓を射る際に左手内側に装着する武具の鞆《とも》からきているのだとか、勾玉《まがたま》なのだとか、水が渦を巻いている様を表しているのだとか、左巻きが正しいとか、いやもともとは右巻きだったとか、東国の武将たちが大勢用いているとか、そんな些末な話は知っています。でも今回ようやく、この紋の本質がつかめたような気がしました」

「おい」と村田が嘆息した。「もう、そんな話は良いから！」

しかし崇はその言葉を無視すると、

「というのも」と言って華月を、そして矢野を見つめた。「こちらにやって来て『月』を追ったおかげで」

一瞬の沈黙が応接室を覆ったが、

「月……だと？」矢野は崇の言葉を確認した。「月が、どうしたというんだ」

はい、と崇は頷く。

「矢野さんも、月に関してはお詳しいでしょうね」

「家内と二人で、趣味だからね。だが、月と巴紋が繋がるという話は、生憎《あいにく》と耳にしたことがないな」

「俺も、さっき気づいたばかりですから」

「何だと。きみが？」

ええ、と崇は答えた。

「そして矢野さん方が月に関してご興味がおありならば、当然、松尾大社も含めて、月読命に関してもお詳しいでしょうね」

「もちろんだ」

「ということは、秦氏に関しても？」

「地元だからな」

「では、月読命が秦氏関係の神であるという点については、充分にご承知ですね」

「しつこいな」矢野は苦笑した。「妻の実家の名字は、畑中《はたなか》だ」

「なるほど」

と崇は声を上げた。

「雄略天皇の御代以降、秦氏は日本国中に散って行きました。そして、時代が下るにつれてそれぞれ名字を変えていった。たとえば、畑、畠、波田、羽田、八田、半田、秦野、畠山、原、そして奥様の畑中、あるいは、服部などと」

「服部も、そうなのか」

思わず尋ねてしまった小松崎に、崇は言う。

「そうだ。服部も秦氏だ。おそらく、当時の機織り技術者だった『呉織《くれはとり》』『漢織《あやはとり》』からきている」

「伊賀の服部もか？」

「もちろんだ。服部半蔵正成《はっとりはんぞうまさなり》は、正統なる秦氏の子孫だ。土佐の長宗我部《ちょうそかべ》も有名だな。もっといえば、観阿弥《かんあみ》・世阿弥や、金春《こんぱる》流の能楽師たちも、秦氏の子孫を公言している。ということは、南北朝時代の楠木正成《くすのきまさしげ》も、その系図に繫がる」

「怪しそうな人間ばかりだな」と言ってしまってから、小松崎は「あっ」と気がついたように華月を見て謝った。「すみません、奥様を前にして……」

「いえ」

と無表情のまま許した華月の前で、

「だから、どうしたというんだ！」村田が声を荒らげた。「いや、そういえばきみは、あの事件の時も、今と同じように全く関係のない話をずらずらと——」

「話を戻しましょう」

崇は、あっさりと村田の言葉を遮った。

「月読命が秦氏関係の神であるということは、先ほどまで一緒だった女性も言っていたんですが、月読命——『書紀』では『月弓』と書かれている事実と、秦氏の祖である『弓月』君という名前からも、簡単に推測できます。そして、それらのことを『月夜見』という唄が、実に見事に表していたもので俺は驚いて、ここにお邪魔したんです」

「『月夜見』だと？」

ポカンとした顔で言う中新井田に向かって崇は、

「その手鞠唄の、正確な歌詞を見せていただけますか」

と頼む。しかし中新井田は、

「どうして今ここで、そんな物を広げなくてはならないんだ」

と拒絶したが、

「いや」と矢野は言った。「私も、久しぶりに見てみたいな。そして、彼の意見を聞いてみようじゃないか」

そこで中新井田は、不機嫌そうにむすっと口をつぐんだ村田の顔をチラチラと覗き見ながら、歌詞の書かれた用紙を取り出した。

「月夜見」

機織りは辛い
辛いは子守り
子守りはよう泣く
泣くのは妹《いもと》
妹なぜ泣く
私は、
お屋敷に売られて参ります
櫛笥一つで参ります
売られ売られて明日から
淋しい衣を織りまする
月を眺めて泣きまする

酒造りは辛い
辛いは遊女
遊女はよう恨む
恨むのは弟《おとと》
弟なぜ恨む
私は、
お屋敷に売られて参ります
杉玉吊しに参ります
売られ売られて明日から
悲しい酒を醸します
月を眺めて恨みます

この手鞠唄は、と崇は言った。

「矢野さんも、ご存知だったようですね」

「遥か昔だがね。今こうして読んでも、懐かしいという感想以外、述べようがないが」

「この手鞠唄が作られた時代や背景は分かりませんが、これは明らかに秦氏の歌です」

「機織りと、酒造りが出てくるからかね」

「酒造りは、決して秦氏だけの専売特許ではありませんが、無関係ではない。また、この歌詞に登場する『櫛』という言葉もそうなのですが、これに関しては非常に長い話になってしまいますので、今回は敢えて触れません」

「櫛が、かね」

ええ、と崇は首肯した。

「何しろ、櫛御気野命《くしみけぬ》、つまり素戔嗚尊から始まって、その妻である櫛名田比売《くしなだ》、玉依姫ともいわれる玉櫛姫《たまくし》、玉造部《たまつくりべ》の祖とされる櫛明玉神《くしあかるたま》などの神々。そして少彦名神《すくなひこな》なき後の大国主命のもとにやって来た『奇魂《くしみたま》』という不思議な神。またそれこそ、大《おお》幡《はた》大神という秦氏関係の神を主祭神としている『櫛田神社』などもありますし、これに関しても俺なりに一つの解答を持っていますが、今からここで話し出すと夜が明けてしまう恐れがありますので」

その話題でなくとも、崇が話し出すといつ終わるか分からないという危険性は常にある、と小松崎は心の中で思ったが、口を閉ざしていた。

一方、崇は続ける。

「では、なぜこの手鞠唄にあるように、機を織ったり酒を醸したりしている秦氏の人間が、月を見て泣いたり恨んだりするのでしょうか。いえ、もちろん歌詞の表層的な意味ではなく」

それは、と華月が静かに答えた。

「月は、月読命を表しているからでしょう。自分たちの奉斎している神だからに決まっているじゃないですか」

「泣くのは分かります。でも、どうして恨まなくてはならないのですか？」

「え……」

「自分が辛い目に遭っているからといって、そう簡単に自分たちの神を恨むんですか？どうして助けてくれないのか、という哀訴なのでしょうか」

「……それは？」

「答えは簡単です」

崇は、矢野と華月を見た。

「つまり月――月読命が自分たち、秦氏の神ではなかったからです。だから、泣いて恨んだ」

「バカなことを」

吐き捨てるように言う華月を気にも留めず、崇は言う。

「月弓・弓月は、平安貴族が仕組んだ騙《かた》りです。月読命は、秦氏の神ではありません」

その言葉に華月は、冷たい視線を投げ、矢野は無言のまま大きく腕を組んだ。

「わが国には」と崇は更に続ける。「昔から『月は不吉』という説があります」

と言って例を挙げる。

在原業平、紫式部、和泉式部、菅原孝標女たちの歌や文章。そして「月」を代表する物語と思われる『竹取物語』にも、月は忌むものとして書かれている——。

「どうして貴族たちは、ここまで『月』を嫌ったんでしょうか。月読命が、それ程までに不吉な神だったというのですか。では、それは一体なぜでしょうか。という以前に、月読命とは、一体何者なのでしょう」

「もういい！」さすがに村田がキレた。そして腕時計に視線を落としながら言う。「もう、こんな時間だ。院長先生方、貴重な時間をいただきまして、ありがとうございました。あとは、我々で——」

しかし、

「待ってください……」矢野は、崇を見つめたまま言った。「警部さん、もう少し彼の話を」

「えっ」

「私からも……」華月までもが言う。「お願いします」

二人の言葉に、村田たちは息を呑む。

矢野たちの方が、崇の話を聞きたがっている。

彼らに会う前に崇が言っていた通りではないか！

啞然とする村田たちを尻目に、

「では」と崇は改めて口を開いた。「奥様の祖先でもある秦氏は、日本史上で一、二を争うほど悲惨な目に遭ってきた氏族です」

と言って、先ほど小松崎や奈々に告げた話を、ごく簡単にまとめて説明した。

「そして彼らは、自分たちの神を祀り、その神にすがった。しかし、やがてその神すらも朝廷に奪われてしまい、虚実取り混ぜた怪しげな神として祀られ、あるいは放置されてしまった」

「そう……なのか」

村田の問いに、

「はい」と崇は断定した。「そもそも『神』という文字ですが、この文字を分解すれば『示』と『申』になります。そして『示』は『生贄《いけにえ》』を表しています。台の上に載せた生贄から、血が滴り落ちている形です」

「え……」

「そしてもう一方の『申』は、日吉大社の神使でもある『猿』です」

「じゃあ」と中新井田が言った。「日吉大社は、猿を神様の生贄にしていたってわけか」

「違います」ニコリともせず、崇は否定する。「それよりも、猿と聞いて、歴史上の誰かを思い出しませんか」

「豊臣秀吉?」

「もっと、遥か昔です」

「猿田彦かね」矢野が答えた。「天狗ともいわれている神だ」

「そうです。そして、この猿田彦も秦氏と深く繋がっている。その『猿』――『申』なのですが、この文字にはもう一つの意味があります」

「それは?」

「『雷』です」

「雷?」

「『字統』などによれば、この『申』という文字は、電光や稲妻を表しているといいます。そうなると今度は『雷』で思い出す神がいます」

「菅原道真か?」

「もっと、遥か昔です」

「ということは……上賀茂神社の、賀茂別雷命だ」

「いいえ。彼の父親の――」

「火雷神《ほらいしん》か」

そうです、と崇は頷いた。

「火雷神＝火明命《ほあかり》。物部氏の祖である、饒速日命《にぎはやひ》です。日本国の根幹を造り上げたと言われている神。別名を、天照《あまてる》」

「天照大神？」

尋ねる中新井田に崇は、

「詳しい話は省きますが、天照と天照大神は別の神です。天照を祀っていた巫女神が、天照大神と考えてください」

「……ややこしいな」

「単純です。天に坐す男神と、それを祀っていた女神の二神。それだけですので。ただ、この二神共に大怨霊神となっていますから、その点だけご注意を」

「天照大神が？　しかし、この神は――」

と言う中新井田の言葉が耳に入らなかったように、

「そして」と崇は続けた。「饒速日命は三輪山の神、つまり大物主神とも呼ばれています。あるいは、丹塗りの矢、鏑矢とも。まあ、これは考えてみれば当然で、鏑矢は『嚆矢《こうし》』と同義ですからね。『嚆矢濫觴《らんしょう》』といえば『物事の起源』。つまり、あらゆる物の始まりというわけです」

「大物主神、あるいは大山咋神が鏑矢と呼ばれていたのは……」矢野は、半ば呆然と呟いた。「そういう意味だったと？」

「俺の勝手な思いつきです」

でも！　と華月は尋ねる。

「大山咋神は、あくまでも秦氏が祀っている神です。松尾大社がそうであるように」

「その点に関しては、何の問題もありません」崇は即答する。「その大山咋神は『秦氏が祀った大物主神（饒速日命）』と考えれば、齟齬《そご》も矛盾もなくなる」

「え……」

「実際にそう考えることによって、神々の系図が非常にすっきりするんです。しかし、その詳細に関して今は省略しますが――。つまり、ここで」

崇は矢野を、そして華月を見つめた。

「日本古代史上、特筆されるべき怨霊神を戴く三つの氏族が、登場しました。素戔嗚尊の蘇我氏。饒速日命の物部氏。そして、天照大神の秦氏」

「……だから、どうしたというんだ」矢野が不審げに訊く。「その三氏族がどうした？」

「巴紋」崇は微笑んだ。「三つ巴、です」

「何だと……」

ここで、いきなり巴紋の話に戻った。

ということは、今までの話は全て前振り――？

さすがに不安になって横目で見つめる小松崎を、全く意に介さずに崇は言った。

「これが、三つ巴紋が怨霊神を祀っている神社に多く飾られているという理由だったんです。分かってみれば、余りにも当然でした」

「つまり、きみは……」矢野は崇を睨んだ。「それら三つの氏族が、巴紋を構成しているのだと……」

巴は、と崇は言う。

「蛇を表しています。しかも大きな蛇。『字統』によれば『象を食ふ蛇』ということです。ではここで、今の三つの氏族が果たして蛇に関係しているかどうか検討してみましょう。まず、蘇我氏と素戔嗚尊。これは問題ないですね。素戔嗚尊は八岐大蛇《やまたのおろち》を退治していますし、その子孫といわれる大国主命は『蛇神』として出雲大社に祀られている。次の、物部氏と饒速日命。こちらも、大神神社で『白蛇』として尊ばれています。ひょっとすると、大物主神ともいわれる大己貴神の『己』も『巳』を意識しているのかも知れません。最後に、秦氏です」

「それは」と矢野が言った。「どう見ても『蛇』だろうな。何しろ、海からやって来た神々だ。宇賀神を見れば、そのままだ」

「その通りです」崇は頷いた。「そして、秦氏の信奉している天照大神も、蛇であり河童だった」

「天照大神が、河童だと！」村田が声を上げた。「何を言っているんだ、きみはっ。そんな話は、聞いたこともない」

そうですか、と崇は村田を見た。

「しかし、藤原道綱母《ふじわらのみちつなのはは》の『蜻蛉日記《かげろう》』に、きちんと書かれています」

「なにい？」

ということで、と崇は続けた。

「三つ巴紋が、これら氏族の信奉している怨霊神を祀る神社の神紋になったのだと考えられます」

崇の言葉が終わると、部屋は静まりかえった。しかし、すぐに矢野が口を開く。

「確かに興味を惹かれる話ではあった。傾聴に値する部類だろう。しかし、結果的にそんな結論だとは、少し失望した」

矢野は皮肉な目つきで、村田と中新井田を見た。

「やはり、警部さんたちの忠告を聞いて、早めに切り上げれば良かったかな。では、今日のところはこれで」

と腰を浮かせようとした時、

「つまり」と崇は静かに言った。「そういうことなんです、月読命は」

「月読命？」やはり、腰を上げようとしていた華月は、冷たく崇を睨んだ。「どうしてここで、月読命が出てくるんですか」

「どうして、とおっしゃられても」崇は肩を竦めた。「それを説明したいがために、今までお話ししていたんです。どうやら、あなた方も月読命に関して、大きな勘違いをなさっているようでしたので」

「どういう意味だ」矢野は、浮かせた腰をドカリと下ろした。「我々が、何を勘違いしていると言うんだ」

「最初に申し上げたように——」崇は二人に告げた。「月読命は、秦氏の神ではないという事実です」

「きみこそ、何か勘違いしているんじゃないのか」矢野は嗤った。「『月弓・弓月』という、厳然たる事実があるというのに」

矢野さんは、と崇は言う。

「この神の、誕生の場面はご存知ですね」

「もちろん」と矢野は、不快な表情を隠そうともせずに答える。「伊弉諾尊が、黄泉国から帰って来た際に、筑紫の檍原《あわぎはら》で禊ぎをした。その時に、伊弉諾尊の右目から生まれ出た」

「その通りです」崇は頷いた。「『然《しこう》して後に、左の眼《みめ》を洗ひたまふ。因《よ》りて生める神を、号《なづ》けて天照大神と曰す。復《また》右の眼を洗ひたまふ。因りて生める神を、号けて月読尊と曰す。復鼻を洗ひたまふ。因りて生める神を、号けて素戔鳴尊と曰す。凡て三《みはしら》の神ます』

――と『書紀』にあります。しかしそうなると、少々おかしくはないでしょうか」

「どこがだね」

「三つ巴です」

「三つ巴が、どうしたというんだ」

「この場面は、日本史上最大級の怨霊神が三柱生まれた瞬間のはずなんです。いわゆる『三貴子』『三貴神』です。この『三貴神』は『三鬼神』とも読めますね」

「それがどうしたというんだ？」

「数が合いません」

「三と三で、同じじゃないか」

「いいえ。残念ながら」

きみは！　とさすがに矢野も怒鳴った。

「何を言いたいんだか、さっぱり分からん。早く、そして要領良く話を進めなさい」

「とても単純な話です。つまりここで、当時の貴族たちが非常に恐れていた氏族の神々が生まれたわけです。蘇我氏の素戔鳴尊。秦氏の天照大神。そしてさらに、秦氏が祀っていた月読命」

「それがどうした。別に問題ないじゃないか」

「いえ。非常に繊細で微妙な部分なんです。蘇我氏の神が一柱。秦氏の神が二柱」

「何だと……」

「それならば、最初から素戔嗚尊と天照大神の二柱の神だけで良いではないですか。特に月読命は、これ以降登場するかしないかという程度で、永遠に消え去ってしまうんですから」

「それはつまり――」

「待ちなさい」華月が、顔を歪めて崇に言った。「あなたの言いたいことが、ようやく分かりました。怨霊神を祀っているのは、三氏族だということですね」

「おい！」矢野も崇を睨む。「まさか、きみは――」

その通りです、と崇は静かに首肯した。

「ここで誕生した鬼神が三柱。最大級の怨霊と化しているであろう氏族が三つ。これらを、それぞれ当てはめてみれば、蘇我氏の素戔嗚尊。秦氏の天照大神。そして――」

「月読命は、物部氏の神だというのかっ」

矢野の怒鳴り声の後の僅かな沈黙の後、崇が頷いた。

「ご明察です」

だが！　と矢野は食ってかかる。

「たった今きみは、月読命は秦氏の神だと言ったばかりじゃないのかっ」

「秦氏が祀っていた神——と言いました。同時に、非常に繊細で微妙な部分だと」

「実にバカげた話です」華月は冷笑する。「月読命は、秦氏の神です。そして、夜空に輝く月は、昔から秦氏のものです」

「そういう意味では」崇は断言する。「残念ながら、月読命は秦氏の神ではありません。ということは、同時に『月』も」

「くだらないことを！　ここで何度繰り返しても良いですけれど、月弓と弓月は——」

その通りです、と崇は華月の言葉を遮った。

「『月読』は、決して『読月』ではないんです。逆転しているんです」

「な……」

絶句する華月に代わって、

「きみは」と矢野が尋ねる。「文字が逆転しているから何だと言うのかね。本質に、変わりはないはずだ」

「遠い昔」と崇は言う。「天岩屋戸《あまのいわやと》で、神の交代劇が行われました」

そして、小松崎や奈々たちと共に伊勢神宮に行った際に彼らに説明した伊勢神宮の謎にまつわる話を、簡略にまとめて矢野たちに伝えた——。

「その結果として」崇は続ける。

「それまで『日本』を治めていた男性神である天照は殺害され、その代わりに彼の巫女の立場にあった女神が、天照大神として表舞台に引っ張り出されました。ですから、その裏事情を知っている当時の貴族たちは、天照大神をとても軽んじていた。このことは、先ほども名前が出ました――」

と言って村田を見た。

「藤原道綱母の『蜻蛉日記』に、こうあります。知り合いが陸奥国に下ることになったが、ちょうど長雨の季節だった。しかし、いざ出発という日に晴れたので、その人が、『わがくにのかみのまもりやそへりけん　かはくけありしあまつそらかな』――私の任国の神の加護があったのだろうか、河伯の神の霊験で雨が上がった、と詠みました。もちろんこの『河伯』というのは『河童』の別名です。すると、道綱母は、こう返した。『今ぞしるかはくときけばきみがため　あまてる神のなにこそありけれ』――今分かりました。河伯の神というのは、あなたのために空を照らす天照大神の別名だったのですね。つまり、天照大神は河童だったのだ、と詠んでいるんです」

「何だって」村田は目を剝いた。「そんなバカな――」

また、と崇は続けた。

「菅原孝標女の『更級日記』にも、こうあります。彼女に向かって、天照大神を念じなさいと言ってくる人があるけれど、『いづこにおはします神、仏にかは』――どこにいらっしゃる神だか仏だかは、全く知らなかったと」

「え……」

「このように、当時の一流の知識人である貴族たちの——いや、一流であればあるほど、天照大神を非常に軽く見ていたことは事実なんです。実際、この長い歴史の中で、ほぼ全ての天皇が、伊勢神宮におわします皇祖神といわれる天照大神を、全く参拝されていないんですからね。我々にしてみれば、先祖の墓を一生に一度もお参りしないなど、とても考えられません。そして、同時にこれは」

と言って、崇は華月を見た。

「朝廷の秦氏に対する待遇そのままです」

「あ……」

そういうわけで、と崇は続ける。

「わが国では、太陽神が女性で月神が男性という、世界的に見ても非常に珍しい構図ができあがったんです。もちろんこれには、持統《じとう》女帝の思惑が絡んでいたと思われますが、今ここで深追いは止めておきます」

「つまり」矢野は崇に尋ねる。「その月神、いや月読命こそが、殺害された天照だと？」

「素直に考えれば、そういうことです。それまで祀られていた天照が排除され、彼を祀っていた巫女神が、彼の代わりに神となる逆転の構図。これはそのまま、物部氏の神を祀っていた秦氏の巫女神が、物部氏の神に代わって無理矢理に神とされてしまった——

あるいは、呼ばれてしまったという、秦氏も意図していなかった逆転劇でもあります。更にその結果として、太陽神が女性、月神が男性という逆転。そして、弓月という名称が月弓になったという逆転。これら数々の逆転劇によって、物部氏の神であった天照——饒速日命の姿は、厚いベールの向こうに追いやられてしまった。もっとも、その後に蘇我氏の素戔嗚尊も、根の国へと神逐《かむやら》いされます。とにかくこれで、朝廷が最も恐れていた氏族のうち、二つを黄泉国へと追い払い、そこに閉じ込めてしまうことができた。饒速日命は月の国へ。そして素戔嗚尊は根の国へ」

「月の国と……根の国か」

「そうです。だからこそ、当時の朝廷の貴族たちは『月は不吉』だと言った。なぜならば、そこには自分たちが殺害した饒速日命がいらっしゃるから。自分たちが不当に奪った『日本』の、本当の統治者だった、実に畏《おそ》れ多い神がいらっしゃるからです」

崇は一息に喋ると、矢野に尋ねた。

「矢野さんは、市杵嶋姫命の名前をご存知ですね」

ああ、と矢野は脱力したように答える。

「もちろん、松尾大社の祭神の一柱だ」

「彼女もまた、同様なんです。彼女は、もともと海上の女神だったにもかかわらず、島に追いやられ、そこから出られないように呪《しゅ》をかけられてしまった。それが『嚴島《いつくしま》神社』

の市杵嶋姫命です。島に居着く神。まさに、月読命と一緒じゃないですか。月読命も貴族たちによって禁足を命じられた神です。『居着く黄泉』の神、と」

「え……」

　啞然とする矢野の前で、崇は言った。

「これで、証明終わり《Q.E.D.》」


　部屋は静まりかえる。

　ただ、矢野の大きな溜息や、村田たちの荒い鼻息が聞こえるだけだった。

　そんな中、突然、

「いいかげんにしてくださいっ」華月が立ち上がった。「こんな妄想話には、もうこれ以上つき合えません。くだらない！」

　足早に移動すると、ドアを大きく開いて崇を振り返った。

「誰が何と言おうと、私は納得しませんから。月は——月読命は、あくまでも秦氏の神です！」

　そう言い残すと、ドアを勢いよく閉めて、小走りに去ってしまった。

「私も」矢野はゆっくりと言う。「この歳になって今更、月読命が物部氏——饒速日命だとは認めたくはないがね」

そして崇を見た。

「しかし……きみの意見の方が、納得できる」

「ありがとうございます」崇は軽く一礼した。「矢野さん、特に奥様にとっては、不愉快な話だったかも知れません。ご自分たちの祖であると思って、ずっと信奉していた神の正体が、実は他の氏族の祖神だったなどと」

だが、と矢野はソファにもたれた。

「きみの言うように、もしも月読命が饒速日命であるとしたならば、同時に大物主神や大山咋神でもあるわけだが、私にはどうしても同じ神として認識できない。いや、これは長い間、そう信じてきたという理由があるかも知れないが」

月読命の場合、と崇は頷いた。

「名称の前に『黄泉に送られた』という文言がつきますから、その点は確かに微妙に異なります。例えば、天照大神の『和魂《にぎみたま》』『荒魂《あらみたま》』というように」

「『殺されてしまった饒速日命』というわけか」

「そして、大山咋神と市杵嶋姫命は素戔嗚尊の血縁同士、あるいは夫婦神だったと考えられます。そう考えれば、秦氏が松尾大社に大山咋神と市杵嶋姫命を合祀したことは、非常に正しい行為だったと言えるでしょう。実に、心温まる話です。というのも、現に今、その創建に秦氏が関わっていないと思われる日吉大社の、大山咋神と竹生島の市杵嶋姫命とは、琵琶湖の湖水を隔てて祀られているからです」

「大怨霊神の一柱である市杵嶋姫命を琵琶湖の上に追いやり、一方の大山咋神——月読命は不吉な神だと喧伝しつつ、お互いを隔てて祀っているという構図か」

「特に、貴族の女性たちには、月——月読命を見てはいけないと、強く言い聞かせていますね。というのも、月の美しさに目がくらんでしまうと、その世界に住んでいるはずの月読命、つまり殺されてしまった饒速日命に憧れを抱いてしまう女性が、現れるかも知れない」

と言って、崇は矢野を見た。

「院長先生の娘さん——聡子さんのように」

「なに……」

矢野も、崇を鋭く見返す。

「敢えて否定はしないが……きみは何故、そう思った」

「先ほど、こちらの病院の廊下に飾られていた月の写真の下に、矢野聡子撮影、という文字がいくつも見えたもので。しかもその写真は、ただ単に月を綺麗に撮ったというよりは、物語と愛情を感じました」

「色々気がつく男だが」矢野は苦笑する。「それは、賞めてくれているのかね」

「もちろんです」

それで、と矢野は携帯に目を落とす。

「その聡子だが、まだ連絡が取れないようだ。さすがに、心配だ」

「こちらも、ありません」と中新井田も携帯を見た。「しかし、万が一聡子さんに何かあれば、すぐに連絡が入るでしょうから」

「もう、夕暮れですので」村田は、腰を浮かせた。「我々も、現場に戻ります。すっかりお時間をちょうだいしてしまい、申し訳ありませんでした。事件に関しても、何の進展もなく」

その言葉に小松崎も、内心ドキリとしたが、

「いや」と矢野は言って立ち上がる。「久しぶりに、面白いお話を拝聴しました。こんな事件さえなければ、もっと聞いていたいところでした」

そして腕時計を見た。

「私も、馬関さんの様子を確認してきます。信頼できる人間に任せてありますし、彼も先ほど、容態は安定していると言っていましたので、全く心配はないと思いますが」

と言いながら矢野は、インターフォンを手に取って、

「華月を呼んでくれ。皆さん、お帰りだ」

と告げたが、すぐに「何だと……」と言って顔色を変えた。そして、大きく舌打ちをすると、叩きつけるようにインターフォンを切った。

「どうされました？」

問いかける村田に、矢野はこわばった表情で答える。

「妻が、外に出たらしいということなので」と言うと、全員を見て軽くお辞儀をした。

「私は、これで」

「外に出られた、ということは？」

「いや……マズイ」

「まずい？」

「ああ、すみません」矢野は引きつった声で笑った。「どうも。こちらの話でした。では」

と言い残すと、大急ぎで廊下を走って行った。

村田たちは、その後ろ姿を呆然と見送っていたが、

「追いかけるぞ！」小松崎が叫んだ。「行くぞ、タタル」

「どこへ？」

「知るもんか」

小松崎は走り出し、崇もあわててその後ろを追う。そして村田と中新井田も顔を見合わせると、二人のすぐ後を追った。

＊

もう夕方近くなったというのに、小松崎からは何の連絡も入らなかった。

しかし、崇がその場にいるのだから、例によって話が長引いているに違いない。奈々は携帯を片手に歩きながら、微笑んだ。

でも、そのおかげで久しぶりの一人旅。いや、京都を一人で散策するなど、生まれて初めての経験だった。

あの時二人と別れてから、奈々は崇の言っていた広隆寺に向かった。そして、建立のきっかけとなったという、弥勒菩薩半跏思惟像も、ゆっくりと眺めることができた。

その仏像は、やはり写真で見るのと実際に目の当たりにするのとは、雲泥の差があった。というより、今この同じ空間に立っているのだという感動に満たされる。何しろこの仏像を、聖徳太子や秦河勝が実際に手にしたというのだから。その痕跡が今もどこかに残っているかも知れない、そんな仏像を目の当たりにしている自分がいる。そう考えると、言葉では言い表せない感慨が、奈々の胸に溢れた。

もちろん、その弥勒菩薩像が納められている「霊宝殿」には、思わず圧倒されてしまうような十一面千手観音像や、十二神将像なども展示されていて、熱心に一つ一つお参りしている年配の女性もいた。そして広隆寺自体も緑が多く、とても気持ちの良い空間を形作っていて、奈々は、とてもゆったりとした時間を過ごすことができた。

その後、これも崇が言っていた野宮神社にもまわった。こちらは広い竹林を背景に鎮座していて「良縁・子宝」の神ということになっているようだった。

その神徳を目にして、奈々は胸が痛む。

崇の言うように、これから伊勢の斎宮となる女性がこの場所で潔斎されていたのだとしたら——。

その女性はもう一生「良縁」も「子宝」も望めないのだ。

それを思うと、思わず涙が出そうになってしまったが、境内に無数に飾られている縁結び祈願の絵馬を眺めながら、奈々は丁寧にお参りした。

そんな複雑な思いを胸に、渡月橋近くまで戻ると、周りにはとてもお洒落な店がズラリとならんでいたので、そちらも覗いてみた。もちろんお酒が飲める店もあり、先ほど小松崎は、一杯やっていてもいいと言った……が、それはさすがに遠慮して、奈々は小さな喫茶店で一休みした。

携帯を見たが、やはりまだ連絡はない。ひょっとすると、色々と揉めているのだろうか。でも、万が一何の連絡もなかったとしても、泊まるホテルは決まっている。先に部屋に戻っていれば良いだけの話だ。もしかすると、崇と小松崎の男二人で「ちょっと軽く飲んで行こう」という話になるかも知れない。しかし、どっちみち小松崎は今日中に東京へ帰るわけだから、大した心配もない。これが、崇一人だったら、どこに行ってしまうか分からないが……。

そんなことを考えながら、奈々は夕暮れ迫る京都、太秦から嵐山へと歩く。やがて、渡月橋を眺めながら、ふと思いついた。

今朝は、向こう側の櫟谷宗像神社から、タクシーで一気に橋を渡ってしまったのだが「月が渡る」ように、一人でのんびりと歩いてみようか。それが良い。

そう思って奈々は、微笑みながら渡月橋へと向かった。

すると、奈々が橋の中程まで歩いて行った時、後方から人々のざわめき声が聞こえてきた。何事だろうと思って奈々が振り向くと、一人の和服姿の女性が髪を振り乱して走って来る。顔色は青ざめて、歯を食いしばり、まるで鬼のような形相だ。これは現実の出来事？　一瞬、美緒の「何かしらを見る能力」「能力が開花する」などという言葉が脳裏に浮かぶ。

いや、もしかしたら、何かの撮影かとも思ったが、そうでもないらしい。

そこで奈々も思わず身を退いた時、

「奈々ちゃん！」

女性の向こうから、大きな声が聞こえた。

えっ、と奈々が見れば、

「小松崎さん！」奈々も叫ぶ。「どうしたんですかっ」

「その女性を、捕まえてくれっ」

小松崎は叫んだが、そんなことは無理だ。

そう思って再び視線を走らせると、小松崎の後ろから数人の男たちも走って来る。しかもその中には、

「タタルさん！」

一番後ろに、崇の姿が見えた。

同時に奈々は、反射的に手が出ていた。奈々の脇をすり抜けようとした女性の袂《たもと》をつかむ。どうしてそんなことをしてしまったのか、奈々にも分からなかったが……とにかくつかんでしまった。

女性はバランスを崩して、一瞬立ち止まる。そして、奈々を般若《はんにゃ》のような顔で睨みつける。

「何をするの！」女性は、物凄い剣幕で奈々を見た。「放しなさい。さもないと、死にますよ」

えっ。

しかし奈々は、女性の体にしがみついた。女性は奈々を振り払おうと暴れたが、奈々

も無我夢中で抱きつく。目の端で見れば、小松崎たちもすぐ近くにやって来ていた。

早く！

そう思った時、
ふわり、と体が浮かんだ気がした。

〝何？〟

と思う間もなく、奈々と女性の体は落下する。

青緑色の水面が、ぐんぐんと奈々に近づいてくる。

そして――。

くぐもった大きな音と共に、奈々の体は桂川に落下した。

ゴブッ、と水を飲んだ。

ゆらゆらと揺れる水面を通して見上げれば、欄干に身を乗り出して、こちらを指差している人たちがいた。

それも気のせいだったのだろうか……。

水中で、女性の体も離れて行く。

奈々は必死にもがいた。

しかし、洋服が重くて、思うように動けない。

溺れる……。

そう思った時、近くに何かが落下してきた。
空気の泡で目の前が真っ白になる。
何が落ちてきたの……。
すると、いきなり水の中で手を握られた。
「手を放すな！」
という声が聞こえた……ような気がした。
崇の声？　幻聴？
「水深は二メートルもない。頑張るんだ」
ああ。
やっぱり崇の声だ。
でも……。
まさか、飛び込んだの？
嘘でしょう。
バカげてる。
そんな……。
奈々の意識は、そこで途切れた。

*

由緒書　大酒神社
祭神　秦始皇帝　弓月王　秦酒公
相殿　兄媛《えひめ》命　弟媛《おとひめ》命（呉服《くれはとり》女　漢織《あやはとり》女）

当社は、延喜式神名帳葛野《かどの》郡二十座の中に大酒神社（元名）大辟神社とあり、大酒明神ともいう――。


何度となく見慣れた由緒書きにチラリと目をやると、聡子は神社境内に入る。

今日は二十日月。月の出には、まだ少し早い時間だ。

広隆寺から歩いて、ほんの数分の場所に建っているこの小さな神社には、訪れる観光客も少なく、昼間でも閑散としている。ましてや今は、夜。入口の鳥居付近はまだしも、一間社流造の本殿周囲は、濃厚な闇に包まれていた。外部から漏れ来る明かりだけが、聡子を照らしている。

そして、その社殿前には、

「遅かったじゃないですか」

見上が待っていた。

「なかなか、家を抜け出せなかったのよ」

と答える聡子に見上は、

「やはり、お嬢様は違いますねえ」皮肉に笑った。「しかし、待ち合わせの場所にしては、また随分と風情《ふぜい》のある神社を選んだもんだ」

そんなことより、と聡子は尋ねる。

「どうして、私が頼んだこと以外の、余計なことまでしたの」

「それは」と見上は惚ける。「桃子さんの件ですか。それとも、友里さん？　持田部長？」

「全部よ。私は、そんなことをしてと言った覚えはないわ。おかげで、府警の刑事が嗅ぎまわっている」

「仕方なかった」見上は答えた。「成り行きです」

「嘘ね。私は知ってる」

「何を？」

「友里のお腹の子供の父親は」見上を指差した。「あなただって」

「ほう……。友里さんが、そんなことを？」

「無理矢理に関係を持たれたと、泣いていた」

「持田さんではなく？」

「そう断定する理由があるんでしょうね」

それじゃ、と見上は笑った。

「やはり、殺しておいて正解だった。ついでに、持田部長も。まあ、もっとも部長には、仕事上の不正データを知られたようだったし」

「桃子は？」

「月読神社で、姿を見られたような気がしたもんでね。殺害容疑をなすりつけようとしたんだが、うまくいかなかった。でも」

見上は聡子を見る。

「聡子さんが、望月兄妹の遺体を『月夜見』の手鞠唄のように始末してくれということで、櫛を用意したり、遺体を鳥居に吊したりしたおかげで、府警も混乱していることを知って、これは使えるかも知れないと思った」

「それを利用して、友里と持田さんを殺したのね。鬼畜だわ」

「確かにそうですがね」見上は笑う。「望月兄妹に、直接手を下したのは聡子さんだ。私は、その死体の始末を頼まれただけで」

「そこで止めておけば良かったのよ」聡子は、下唇を噛む。「そうすれば――」

「そうすれば？」

「美しく、終わるはずだった」

その言葉を聞いて、

「はっ」と見上は嗤った。「人殺しに、美しいも醜いもないだろう。殺人は殺人だ」

「違う」聡子は、きっぱりと言い放つ。「あなたが犯した殺人は、ただ単に我欲にまみれた醜い殺人。でも、私は違った」

「またまた、そんなことを」見上は口元を歪めた。「私は知っていますよ。聡子さんが、望月観を好きだったってことを」

「え……」

「物好きにも、月の写真を撮影するグループに入って、彼と知り合い、ずっと憧れていたらしいじゃないですか。しかし、彼には好きな女性がいた。そこであなたは、嫉妬に狂って――」

「違う！」

聡子は、黒髪を大きく振って否定した。

「嫉妬じゃない。決して！」

「じゃあ、何だったんですかね」

あの人は、と聡子は低く言った。

「実の妹――桂を愛していたのよ。他の女性ならばともかく、それだけは許せなかった」

「……そういうことですか」見上は笑いながら頷いた。「それで、兄妹揃って殺害した。随分、思い切ったことをしたもんだ」

一瞬の沈黙の後、

「お母様は、知っていた」聡子は呟いた。「全てを」

「華月さんが？」

「そして、月を汚す人間は生きている価値がない、この世から消え去ってもらいなさいとおっしゃった。そして、月読命のもとで厳しい処罰を受けるべきだ、と」

何とまあ、と見上は言う。

「呆れた言いぐさだ」

「そうじゃない！」

聡子は、見上に詰め寄る。

「月を汚す人間は許せないの。なぜなら月は、月読命は、私たちの祖先だから。そのような行為は、何人《なんぴと》たりとも許されない！」

「ご立派な考えですね」

と言うと同時に、見上は聡子を引き寄せた。聡子の細い体が、見上の腕の中に収まる。

「しかし、どちらにしても、もう私たちは一蓮托生です。これからは、もっと仲良く暮らしていきましょう」

「あなたは、私が目的だったのね。おそらく、友里に近づいたのも、そういう理由」

「聡子さんだって、私の気持ちはご存知だったでしょう。だから、誰でもないこの私に、後始末を依頼した」

見上は更に聡子を引き寄せる。そして息がかかるほど顔が近づいた。すると、見上の背中に回っていた聡子の手が、キラリと輝いた。

「ぐっ」

見上の体が硬直する。

「何を……」

聡子の手にしていたナイフが、見上の肝臓を背後から突き刺したのだ。

驚いた見上が目を大きく見開いた時、聡子はそのナイフを、思い切り九十度近くまで捻った。そして引き抜く。

同時に、大量の血が見上の肝臓から吹き出した。

さらに聡子は、地面に仰向けに倒れている見上の頸動脈を切り裂く。

その溢れる大量の血を見下ろしながら、再び呟いた。

「月を汚す人間は……月読命に裁かれなさい」

*

綺麗な月が海上に浮かんでいた。
見渡す限り一面には、何もない。
鈍色《にびいろ》の空と、暗い墨染《すみぞ》め色の海。
そして――妖艶に輝く純白の月。
中空に浮かんだ月が海面に照り、
不吉な合わせ鏡のようになって、
――奈々をじっと見つめていた。
今日は十五夜？
いや、わずかばかり欠けている。
ああ、これは。
十六夜の月だ。
別名、「既望《きぼう》」。
遥か昔に、誰かから聞いたことがある。
十五夜の次の月の名前は「既望」だと。

それは「既に望」。
望月《もちづき》が終わってしまった、という意味らしかった。
でも、満月が終わってしまって「きぼう」なんて。
その時の奈々は、何となく違和感を感じたが……。
今ならば良く分かる。
心から、理解できる。
満月が終わったからこそ「きぼう」——。
これからの「希望」があるのではないか。
そこから、また新しい日々が始まるのだ。
そんなことを思いながら海上の月を眺めていると、
突然その月が、徐々に徐々に欠け始めた。
下弦の月から、白い二十三夜の月となり、
ふわりと夜空に浮かぶ「月の舟」となる。
その舟は、奈々を手招きしているように、
ゆらりゆらりと夜空で揺れる。
乗りなさいということなのか。
月の世界へ手招いているのか。

奈々の体は暗い中空に浮かび、
月の舟へ向かって漂い始める。
そうだ。
誰も最後は、月の世界へと帰って行く。
月に呼ばれるかぐや姫なのに違いない。
遥か眼下に揺れる海を見下ろしながら、
奈々は、そんなことを思って納得した。
全ての重力が、奈々の体から消滅する。
心地良い夜風に吹かれて、ふんわりと。
それに引き替え、地上の人間は可哀想。
あんなに重い磁場の中で、生きている。
早く投げ捨てて解放されれば良いのに。
改めて、そう思った。
あの舟に乗ろう。
そうすれば、
煩わしい一切合切のことから逃れられるのだ——。
その時。

微笑む奈々の近くで、カタリ、と音がした。
誰？
こんな素敵な時間を邪魔するのは、
誰？
奈々が顔をしかめながら薄目を開ければ、
〝タタル……さん？〟
でも、どうしてここに。
そして——ここは？
奈々は体を動かそうとした。
しかし、全ての筋肉が鉛と化してしまったようで、硬いベッドに沈み込みそうだった。
仕方なく、もぞもぞと動いていると、
「ああ。気がついたか」
崇の声が聞こえた。
「タタル……さん？」
そうだった。
ここは救急病院。
奈々は渡月橋から落ちて、桂川で溺れて、ここに運ばれて来たのだった。

でも――。

「タタルさんは、大丈夫だったんですかっ」

叫んだ途端に頭がグラリと揺れて目眩がしたが、奈々は問いかける。

「どこか、怪我は！」

溺れていた奈々を助けてくれたのは、崇だった。そして、何とか岸まで引きずり上げて、そこから救急車でこの病院まで――。

「俺は平気だ。桂川の水を少し飲んだだけだ。滅多にできない経験をした」

崇は苦笑いしながら、奈々のベッドの脇に立った。

「それより、良かったな。顔色もすっかり良くなっているし、気も通ったようだ。もっとも、検査では特にどこも異常はないと言われていたから、安心はしていた」

と言って崇は奈々の顔を覗き込んだが、奈々は耳たぶまで赤くなるのを感じた。こんな姿を……恥ずかしい。嬉しいのと恥ずかしいのとで、涙が出る。

「すみませんでした」

奈々は謝る。しかし、

「奈々くんのせいではないよ。きみに、何一つ瑕疵はない」

と言われて、重い腕を上げて涙を拭ったのだけれど――。

パジャマを着ている？

しかも奈々の持って来た、子グマがたくさんプリントされているパジャマだ。

「じゃあ、看護婦さんを呼ぼう」

とナースコールをつかもうとした崇の手を、奈々は握った。

「待ってください」

「何だ？」

と言われて、どこから尋ねれば良いのか。

まず——。

「でもどうして、タタルさんがここに？　ホテルに泊まられなかったんですか？」

「部屋は、小松崎に乗っ取られた」

「えっ」

「あの後、色々とあってね。結局熊つ崎は、最終の新幹線を逃してしまったんだ。そこで俺たちが取った部屋に泊まれと言ったんだが、『俺は明日の朝が早いし、おまえと違って繊細だから、どうしても一人じゃないと眠れない、だからおまえは奈々ちゃんの病室に行け。ここの部屋代は俺が払っておくから』と言ってね」

「…………」

「もっとも俺も、奈々くんが心配だったから、その提案に乗ったんだが、全く以て我が儘な男だなあいつは」

「そう……だったんですね」

また、泣きそうになる。

「そこで」と崇は言った。「奈々くんの荷物は、熊つ崎がそのまま持って来て、そのパジャマは看護婦さんが着替えさせてくれたんだ。そして俺の荷物も、そっくりそのまま、あそこに置いてある」

確かに崇のバッグが、もう一台の空いているベッドの脇に置かれていた。

「えっ」

「しかし」と崇が優しく言った。「熊つ崎も、今回、奈々くんがこんな目に遭ってしまったのは俺のせいだと言ってね、この場所で正座して平身低頭していた」

「だが、何しろあんな体型だから、大して頭は下がっていなかったが、本気で謝っていたようなので、もし良かったら許してやってくれ。明日は朝一番の、のぞみで東京に帰らなくてはならないようだから、また改めて謝罪に出向くと言っていた」

「いえ。そんな……」

というより、奈々も小松崎の命令であの和服の女性を引き留めたわけではない。むしろ、その後ろに崇の姿が見えたから、何となく無意識のうちに——。

そうだ。

「それで、あの着物の女性は！」

ああ、と崇は顔を伏せた。

「和服だったからね。引き上げるのに手間取って、そのまま川で亡くなってしまった。あの女性は聡子さんの母親の華月さんだった」

「え……」

「しかし、村田警部や矢野院長の話の様子だと、最初から自殺するつもりだったのかも知れないいな」

と言って崇は、今回の事件の話をした。そして、月読命の話も――。

「結局」と崇は言う。「十五夜の祭も、七夕も、正月の門松も同じだ。貴族たちにとって『忌むモノ』を、俺たち庶民に祀らせるという発想だったんだろう」

「ああ……」

「俺たちに分かっているのは、こんなところだが、あとは闇だね。月読命――黄泉の世界だ」

「そう……だったんですね」

顔を曇らせる奈々を見て、

「そういうことで」と崇は笑った。「今夜は俺も、ここに泊まることになった。まあ、取りあえずツインのようだし」

崇は、奈々の手の甲を優しく叩く。

「朝まで眠ると良いよ。きっと、明日の昼には退院できるから」

「タタルさんは？」

「もちろん、退院までつき合う。さて——」

と答えて、伸びをした。

「俺は目が覚めてしまったから、あっちのベッドで本でも読むことにする。さっき、近くの書店で購入したんだが、最近はこんな本が出回っているようだ」

崇は奈々に、一冊の分厚い本を見せた。それは、分厚いというより弁当箱かレンガのブロックのような変わった判型の本だった。しかも、その表紙には不気味な妖怪のイラストまで描かれている。

「何ですか、その本は」

顔をしかめながら眺める奈々に、崇は言う。

「実に怪しげだが、興味をそそられる。それに、朝まで読むにはうってつけだ。じゃあ、お休み」

崇は奈々を見て優しく微笑んだ。

「タタルさん……」

「どうした？」

「……ありがとうございます」

奈々の言葉に、キョトンと見返す崇の手を、奈々は強く握った。

ホテルの部屋とは比べるまでもなく、
狭く、殺風景で、ベッドも硬く、美味しい京料理もない。それに、前髪カールも、エッセンシャルオイルもないけれど——。

「本当に……」

奈々の頬を、涙が伝った。

それを見て崇は、

「ゆっくりお休み」

微笑みながら、カーテンを閉めた。

奈々は、コクリと頷く。

涙が、後から後から溢れてきた。


翌日。

崇の言葉通り、奈々は昼過ぎの退院が決まった。

全ての手続きを終えて、二人揃って荷物を抱え、京都駅へと向かう。崇は、奈々の体調を考えてタクシーを呼んでくれた。そして車が出ると、

「すみませんでした」奈々は謝った。「私につき合っていただいたために、予定の場所

を殆どまわれなくて」

しかし、

「いや」と崇は笑った。「実は、今朝一番で蛇塚古墳まで行って来たんだ」

「えっ」

「奈々くんは、よく眠っていたようだったから、こっそり一人で病院を脱け出してね」

「え……」

「あの古墳はね」と崇は楽しそうに言う。「周りを、ぐるりと柵というか、フェンスで囲まれていてね、通常は外から眺めるしかないんだが、俺が行った時はたまたま、史蹟保存会の方がいらしてね。フェンスの入口を開けてくれたんだ」

「それは、幸運でしたね！」

ああ、と崇は目を輝かせた。

「それで、中に入ることができたんだが、あそこは凄いね。何しろ本来は、全長七十五メートルにも及ぶ前方後円墳だったというんだから。そして現在残っている玄室《げんしつ》——横穴式石室の、棺を納める墓室は、やはり奈良の石舞台より大きかった。説明書きによれば、二十五・八平方メートルというんだから、大したものだ。しかもその名称も『蛇塚』。間違いなく、秦河勝の墳墓ではないかな」

と一気に喋ってから、

「ああ」と奈々を見た。「悪かったな、一人で楽しんできてしまって」

「そんなことはないです」

これは、奈々の本心だったが、

「そうだ」と崇は言う。「もしも、奈々くんの体調が大丈夫であれば、東京に戻る前に、竹生島に寄ってみないか」

「えっ」

「当初の目的だった日吉大社は、行くからには奥の院までまわる必要があるだろうし、時間がかかる。だから、次回の楽しみに取っておこう」

崇の言葉に、奈々はドキリとする。

次回のことも、崇は考えているのだ。

でも……何となく不安な気も……。

しかし、崇は楽しそうに言った。

「竹生島ならば、ぐるっとゆっくりまわっても一時間足らずだから。それに、奈々くんも行きたがっていたしね」

「は、はい……」

まだ少し頭痛が残っているだけで、体調はすっかり元に戻っているようだったので、奈々は素直に頷いた。

幸運にも、ちょうど良い時刻の京都発臨時特急があったので、奈々たちはそれに乗り込む。

湖西線の各駅停車だと、竹生島フェリー発着所の近江今津《おうみいまづ》まで一時間強、新快速でも五十分ほどかかってしまうが、この特急に乗れば、三十五分で到着する。そこからフェリーに乗り換えて、二十五分で竹生島だ。

通常であれば、もう最終便のフェリーには間に合わない時刻だが、こちらも夏季臨時便が出ているらしい。そして先ほど崇が確認したところ、何とかそれに間に合うということだった。そこで、その最終便で竹生島に渡り、七十分の上陸で再び最終便のフェリーで近江今津まで戻って来るという、相変わらずの大変な旅程になった。

特急が京都駅を出発して間もなくすると、列車の右手、民家や畑の向こうに琵琶湖が姿を現した。やがて、日吉大社のある「比叡山坂本駅」も過ぎると、あっという間に近江今津に到着した。

竹生島行きフェリー乗り場は、駅から徒歩五分。奈々たちは、目の前に広がる琵琶湖の湖面を眺めながら、乗船場まで歩いた。

乗船場に掲げられている地図を見ると、竹生島は琵琶湖の北の端近くにあったので、もっと湖の中心に位置していると勝手に思い込んでいた奈々は、少し驚いてしまった。

二人は、定刻までに桟橋からフェリーに乗り込み、琵琶湖は日本最大の湖でその面積は約六百七十平方キロメートルだとか、最も深い場所では水深百メートルを超えるとか、「急がば回れ」の語源はこの琵琶湖からきているとか、その形状から和楽器の琵琶を連想させ、更にその琵琶を抱える弁才天を思い出させる——などという、室内に流れる解説に耳を傾けていると、やがてフェリーは、前方に姿を現した竹生島を大きく回り込むようにして、発着所に到着した。

フェリーを降りると、目の前にはいきなり百六十五段の石段が待っていた。

さすがに、退院したばかりの奈々には厳しかったが、隣で気遣ってくれる崇に励まされて、大汗をかきながらも何とか登り切る。そして、本尊の弁才天が祀られている大きな弁才天堂に参拝した。

その後、三重塔や、頭上に宇賀神を頂いた大きな弁才天像などが展示されている宝物殿、天狗堂、などなどを見学すると、桃山時代の遺構という観音堂から、秀吉の御座船の船櫓を利用して建造されたという船廊下を経て、ようやく都久夫須麻《つくぶすま》神社にたどり着いたが、驚いたことに、この神社の創建は雄略天皇三年だという。

まさに、秦氏が都で搾取されていた頃だ。凄い歴史を持っている。その国宝の本殿は、桁行五間、梁間四間で、やはり入母屋造・檜皮葺の立派な造りだった。

本殿をお参りして、琵琶湖を眺めながら正面の石段を降りると、左右に小社があり、それぞれの石鳥居の額束には「江島大神・嚴島大神」「天忍穂耳神社《あめのおしほみみ》・大己貴神社」という額が掲げられていた。

「この、天忍穂耳神は」崇が口を開く。「素戔嗚尊と天照大神との間に生まれた『八王子』の一柱だ。ということは、この場合の『大己貴神』は、饒速日命ではなく、素直に大国主命を指しているな」

説明してくれたのか呟いたのか、どちらとも判別し難かったが、そう言った。

もう一方の「江島大神・嚴島大神」は、奈々も分かる。この二社と、ここ竹生島を合わせて「日本三大弁天社」だ。特に江島神社は、奈々の実家の地元の神社だ。

そして、本殿と琵琶湖の間、というより殆ど琵琶湖畔に「竜神拝所」が建っていた。建物の中に入ると、正面奥に簡素な拝殿が設置され、通常であれば本殿があるべき場所には何もなく、ただ琵琶湖が広がっている。そして、狛犬の代わりなのだろうか、拝所の左右には二匹の蛇がそれぞれ、とぐろを巻いて鎮座していた。

拝殿横の開口部分から琵琶湖を望むと、湖に突き出した桟橋のような場所の先端部分に石の鳥居が、そしてその少し向こうに、小さな社が見えた。ここでは「厄除け」のための「かわらけ投げ」が行われているらしい。実際、鳥居の周辺には、かわらけの残骸が無数に落ちていた。

そんな光景を眺めながら、奈々たちは拝殿を後にする。

発着所まで戻ると、やがて帰りのフェリー最終便が、竹生島港に到着して、二人はまばらな観光客と共に乗り込む。

奈々は崇を誘って、フェリーのデッキに出た。まだ夏の終わりの陽は残っているものの、風はすっかり夕暮れ時だった。

奈々はデッキから、市杵嶋姫命が「居着か」されてしまった島、遠く去って行く竹生島を眺めていた。すると奈々の隣で、

「『竹生島』という能があってね」ボサボサの髪が風で更にボサボサになっている崇が言った。「その中に、こんな詞章があるんだ。『月、海上に浮かんでは、兎も浪《なみ》を奔《はし》るか、面白《おもしろ》の島の景色や』――とね。つまり、湖面に白兎のように波頭が立って走っている、ということなんだが……」

崇は琵琶湖に目をやった。

「これはおそらく、全くの偶然だと思うが『波』は『ハタ』で秦氏。そして『兎』は『玉兎《ぎょくと》』で月を表す。まるで、今回の事件のようだね」

「本当ですね」奈々は驚く。「でも、偶然？」

「だろうな」

崇は言って、デッキの手すりに寄りかかると、湖面を見つめた。

奈々も、その隣に立つ。

しかし——。

とにかくこれで、今回の一泊二日の行程は終わり。あとは、このまま京都駅に戻って新幹線に乗り、東京へと帰るだけだ。明日から、またいつもの日常が始まる。

そう思うと、急に奈々の胸に、言葉に言い表せないような郷愁が、そして耐え難いような旅情がわき上がってきた。

そして、ふとフェリーの後方に目をやれば、後尾の波が白く綺麗な八の字を描きながら、左右に分かれて行っている。確かにこれは「別れ」だ。決して「末広がり」などではない、と奈々は思った。

そういえば——。

崇の話によると、先ほどの日吉大社の祭神・大山咋神と、この市杵嶋姫命は、夫婦神でもあったという。そして、今もなお、こうして琵琶湖の湖水によって隔てられているのだ、と。

それを耳にした時、

「でも」と奈々は、崇に尋ねた。「日吉大社には、たくさんの摂社・末社があるという話を聞いたことがあります。その中にも、いらっしゃらないんですか？」

「日吉大社東本宮は、もちろん大山咋神だ」崇は答えた。「そして西本宮は、大己貴神。摂社・末社の、宇佐宮は、田心《たごり》姫神。宇佐若宮は、田心姫神の娘神の下照《したてる》姫神。白山《しらやま》宮は、菊理《くくり》姫神。樹下《じゅげ》宮は、鴨玉依姫神。大物忌《おおものいみ》神社は、大山咋神の父神ともいわれている大歳《おおとし》神。早尾《はやお》神社は、素戔嗚尊。八柱神社は、素戔嗚尊と天照大神との間の八王子神。氏神神社は、賀茂建角身《かもたけつぬみ》神。また、奥の院である三宮は、鴨玉依姫神の荒魂。同じく牛尾宮は、大山咋神の荒魂だ。市杵嶋姫命の名前は、どこにもない。ただ、敢えて言うならば、稲荷社の宇迦之御魂大神が彼女と同体と言えるかも知れないがね」

「そう……なんですね」

奈々は頷いたのだが――。

ふと、彼女の淋しさ、悲しさに思いを馳せる。

お互いに手が届きそうな所に居ながら、そして二人の姿が見えそうな場所に鎮座していながら――決して、一つにはなれない。何という、酷く残酷な仕打ち。

琵琶湖の涼しい風が、奈々の頬を打った。

そう。

そんな神々たちに比べれば、今の奈々は……。

奈々は、隣に立つ崇の顔を見上げると、有無を言わさず腕を取って、ぴったりと寄り添った。まだ今夜の月は出ていないけれど、もうすぐ、美しい下弦の月が琵琶湖の面を照らすことだろう。

《エピローグ》

さすがにこの時間は、月読神社も静かだった。

神坐《かみいま》す――。

聡子は深々と一礼して、朱塗りの鳥居をくぐった。

今日は朝から雲が出ていたので、聡子はとても心配していた。しかし今は、そんな不安な心を払拭するような、美しい月が聡子を照らしている。

といっても、今夜の月は少しばかり欠けているのだが、それは仕方ない。

今日は、二十日月。人々の迷妄を払い、夜の闇を照らす真如《しんにょ》の月――望月からは、五日も経ってしまっているのだから。

それだけが心残りだったが、全ては運命なのだから仕方ない。

運命と言えば――。

先ほど、母の華月と連絡を取った。すると、いつも冷静な華月が何やら大きく動揺していて、今にも桂川に飛び込みそうな雰囲気だったが、何かあったのだろうか。いや、あの強い母のことだ。きっと心配はないだろう。

聡子は、白く輝く月を見上げながら、立ち入り禁止と印刷された無粋なテープをくぐり抜け、神社境内奥へと向かう。

無粋、で思い出す。

この一連の話を持ちかけた時、見上は驚いた顔で聡子を見つめて尋ねてきた。

「どうして、そんな理由で人を――？」

愚にもつかない質問だ。

どうして、ああいった男どもは理解できないのだ。というより、むしろ聡子にとってみれば、今、世間で頻発している殺人事件の動機の方が、理解不能だ。何故、そんな些末なつまらない理由で人の命を奪ってしまうのか……？

それに比べて自分の動機はどうだ。聡子は微笑む。

「自分の愛する『月』を汚したから」

これ以上純粋で美しい理由が、存在するだろうか。故に、その理由を汚した見上も、あの世へ旅立ってもらった。

聡子は境内奥へ進むと、夜空に向かって雄々しく伸びている杉の大木を見上げる。

最初から、自ら命を絶つ時はここでと決めていた。そして、今がその時。低俗な価値観しか持たないような男たちに裁かれたくはない。聡子が何を言っても、どうせ彼らには理解などできないのだ。

それならば、自らの手で月読命のもとへ行く。

聡子は携えてきた小さな台を杉の木の根元に置くと、その上に乗った。そしてロープを太い枝に掛けると、あらかじめ作っておいた輪の中に頭を入れる。そして、少しだけ欠けている月を眺めて、台を蹴飛ばした。

ぐっ、と首が絞まり、顔が熱くなった。

目の前に、チカチカと小さな星が現れた。

少し淋しかった。

しかし——。

やはり神坐す。

次の瞬間、聡子の胸は幸福で一杯になった。

最後の最後で、目の前に大きな月が皓々《こうこう》と昇った。

それは将に、幼い頃から聡子が憧れ続けていた純白の満月だった。

参考文献

『古事記』次田真幸全訳注／講談社
『日本書紀』坂本太郎・家永三郎・井上光貞・大野晋／岩波書店
『続日本紀』宇治谷孟全現代訳／講談社
『万葉集』中西進全訳注／講談社
『風土記』武田祐吉編／岩波書店
『古今和歌集』小町谷照彦訳注／旺文社
『竹取物語』野口元大校注／新潮社
『源氏物語』宮内庁書陵部蔵青表紙本／山岸徳平・今井源衛監修／大朝雄二編／新典社
『源氏物語』石田穣二・清水好子校注／新潮社
『土佐日記　蜻蛉日記　紫式部日記　更級日記』長谷川政春・今西祐一郎・伊藤博・吉岡曠／岩波書店
『今昔物語集』池上洵一校注／岩波書店
『日本霊異記』小泉道校注／新潮社
『延喜式祝詞（付）中臣寿詞』粕谷興紀注解／和泉書院
『花伝書（風姿花伝）』世阿弥編／川瀬一馬校注／講談社
『風姿花伝・花鏡』小西甚一編訳／たちばな出版
『日本架空伝承人名事典』大隅和雄・西郷信綱・阪下圭八・服部幸雄・廣末保・山本吉左右／平凡社

『隠語大辞典』木村義之／小出美河子編／皓星社
『日本史広辞典』日本史広辞典編集委員会／山川出版社
『神社と古代王権祭祀』大和岩雄／白水社
『鬼の大事典』沢史生／彩流社
『妖怪と怨霊の日本史』田中聡／集英社
『宙ノ名前』林完次写真・文／光琳社出版
『能楽大事典』小林責・西哲生・羽田昶／筑摩書房
『演目別にみる能装束』観世喜正・正田夏子／淡交社
「観世流謡本　竹生島」丸岡明／能楽書林

＊「看護婦」という名称が「看護師」に変更されたのは、平成十四年（二〇〇二）三月以降のことですので、本書では往時のままとさせていただきました。

＊なお、作中の「月夜見手鞠唄」は作者の創作です。

この本の執筆に際し、空前絶後と言っても過言ではない叱咤激励、
鼓舞、鞭撻《べんたつ》をいただきました、
講談社文芸第三出版部部長、栗城浩美氏。
斬新で多角的なアドバイス（？）をいただきました、
広上《ポンがみ》智依氏。
そして京都で、竹生島でお会いしました全ての方々に、
この場を借りて、心より御礼申し上げます。

高田崇史公認ファンサイト『**club TAKATAKAT**』
URL：http://takatakat.club/　管理人：魔女の会
twitter:「高田崇史@club-TAKATAKAT」
facebook:高田崇史 Club takatakat　管理人：魔女の会

この作品は完全なるフィクションであり、
実在する個人名・団体名・地名等が登場することに関し、
それら個人等について論考する意図は全くないことを
ここにお断り申し上げます。

QED《キューイーディー》 〜flumen《フルーメン》〜 月夜見《つくよみ》

二〇一六年十一月八日　第一刷発行

定価はカバーに表示してあります

KODANSHA NOVELS

著者—高田崇史《たかだたかふみ》

発行者—鈴木　哲

発行所—株式会社講談社

東京都文京区音羽二-一二-二一
郵便番号一一二-八〇〇一

編集〇三-五三九五-三五〇六
販売〇三-五三九五-五八一七
業務〇三-五三九五-三六一五

本文データ制作—凸版印刷株式会社

印刷所—凸版印刷株式会社　製本所—株式会社大進堂

N.D.C.913　280p　18cm

ISBN978-4-06-299087-5

神の時空
貴船の沢鬼

神の時空
倭の水霊

神の時空
鎌倉の地龍

神の時空
―かみのとき―
シリーズ

高田崇史
Takafumi Takada

リの最高峰

歴史ミステリの最高峰、第7弾！
神の時空—五色不動の猛火— 高田崇史

『QEDパーフェクトガイドブック』収録！
QED～flumen～ ホームズの真実 高田崇史

歴史ミステリの金字塔
QED～flumen～ 月夜見《つくよみ》 高田崇史

書下ろし歴史ホラー推理
蒼夜叉 高橋克彦

超伝奇SF
総門谷R 阿黒篇 高橋克彦

超伝奇SF「総門谷R」シリーズ
総門谷R 白骨篇 高橋克彦

長編本格推理
匣《はこ》の中の失楽 竹本健治

奇々怪々の超ミステリ
ウロボロスの偽書 竹本健治

『偽書』に続く迷宮譚
ウロボロスの基礎論 竹本健治

人気シリーズ完結篇！
ウロボロスの純正音律 竹本健治

講談社ノベルス25周年記念復刊！
狂い壁 狂い窓 竹本健治

衝撃と翻弄の本格ミステリ
汎虚学研究会 竹本健治

青春ミステリ
ツグミはツグミの森 竹本健治

講談社ノベルス25周年記念復刊！
〈移情閣〉ゲーム 多島斗志之

第25回メフィスト賞受賞作！
それでも、警官は微笑《わら》う 日明《たちもり》 恩《めぐみ》

新米消防士・雄大が事件に奔走！
鎮火報 Fire's Out 日明 恩

待望の凸凹最強タッグが復活!!
そして、警官は奔《はし》る 日明 恩

私立伝奇学園高等学校民俗学研究会 その1
蓬莱《ほうらい》洞の研究 田中啓文

私立伝奇学園高等学校民俗学研究会 その2
邪馬台洞の研究 田中啓文

私立伝奇学園高等学校民俗学研究会 その3
天岩屋戸《あめのいわやど》の研究 田中啓文

書下ろし長編伝奇
創竜伝1 〈超能力四兄弟〉 田中芳樹

書下ろし長編伝奇
創竜伝2 〈摩天楼の四兄弟〉 田中芳樹

書下ろし長編伝奇
創竜伝3 〈逆襲の四兄弟〉 田中芳樹

書下ろし長編伝奇
創竜伝4 〈四兄弟脱出行〉 田中芳樹

書下ろし長編伝奇
創竜伝5 〈蜃気楼都市〉 田中芳樹

書下ろし長編伝奇
創竜伝6 〈染血の夢〉 田中芳樹

書下ろし長編伝奇
創竜伝7 〈黄土のドラゴン〉 田中芳樹

書下ろし長編伝奇
創竜伝8 〈仙境のドラゴン〉 田中芳樹

書下ろし長編伝奇
創竜伝9 〈妖世紀のドラゴン〉 田中芳樹

書下ろし長編伝奇
創竜伝10 〈大英帝国最後の日〉 田中芳樹

書下ろし長編伝奇
創竜伝11〈銀月王伝奇〉 田中芳樹

書下ろし長編伝奇
創竜伝12〈竜王風雲録〉 田中芳樹

書下ろし長編伝奇
創竜伝13〈噴火列島〉 田中芳樹

驚天動地のホラー警察小説
東京ナイトメア 薬師寺涼子の怪奇事件簿 田中芳樹

書下ろし短編をプラスして待望のノベルス化！
魔天楼 薬師寺涼子の怪奇事件簿 田中芳樹

タイタニック級の兇事が発生！
クレオパトラの葬送 薬師寺涼子の怪奇事件簿 田中芳樹

避暑地・軽井沢は魔都と化す！
霧の訪問者 薬師寺涼子の怪奇事件簿 田中芳樹

メガヒット警察ホラー
魔境の女王陛下 薬師寺涼子の怪奇事件簿 田中芳樹

異世界ファンタジー
ゼピュロシア・サーガ
西風の戦記 田中芳樹

長編ゴシック・ホラー
夏の魔術 田中芳樹

長編サスペンス・ホラー
窓辺には夜の歌 田中芳樹

長編ゴシック・ホラー
白い迷宮 田中芳樹

長編ゴシック・ホラー
春の魔術 田中芳樹

傑作冒険小説
ラインの虜囚《りょしゅう》 田中芳樹

中国大河史劇
岳飛伝 一、青雲篇 編訳 田中芳樹

中国大河史劇
岳飛伝 二、烽火篇 編訳 田中芳樹

中国大河史劇
岳飛伝 三、風塵篇 編訳 田中芳樹

中国大河史劇
岳飛伝 四、悲曲篇 編訳 田中芳樹

中国大河史劇
岳飛伝 五、凱歌篇 編訳 田中芳樹

傑作スペースオペラ
DVD付き初回限定版 **タイタニア** 1〈疾風篇〉2〈暴風篇〉3〈旋風篇〉 田中芳樹

宇宙叙事詩の金字塔
タイタニア 1〈疾風篇〉2〈暴風篇〉3〈旋風篇〉 田中芳樹

一族を二分した内乱の行方は？
タイタニア 4〈烈風篇〉 田中芳樹

伝説的スペースオペラ、完結篇
タイタニア 5〈凄風篇〉 田中芳樹

第48回メフィスト賞受賞作！
愛の徴 天国の方角 近本洋一

戦慄の小学校ミステリ
マーダーゲーム 千澤のり子

慄然の中学校ミステリ
シンフォニック・ロスト 千澤のり子

ロマン本格ミステリー！
アリア系銀河鉄道 柄刀《つかとう》 一《はじめ》

至高の本格推理
奇蹟審問官アーサー 柄刀 一

奇蹟と対峙する至高の本格推理！
奇蹟審問官アーサー 死蝶天国《バグズ・ヘブン》 柄刀 一

13歳の「特任教授」Drショーイン登場！
バミューダ海域の摩天楼 柄刀 一

講談社ノベルス
KODANSHA NOVELS